Brief an den Verleger (aus der siebenten Nacht)

Lieber Wolfgang, mein Besuch im Verlag fällt schon wieder ins Wasser – und ich bin auch noch ganz glücklich darüber! Vor ein paar Tagen, auf Lesereise durch Süddeutschland, habe ich nämlich eine ausgesprochen scharfzüngige (und überhaupt unverschämt reizvolle) Exilrussin kennengelernt, Irina Jurijewna: das Gesicht wie in Holz geschnitzt, mit der Herzlichkeit von Weihnachtsgebäck. Wir tranken und redeten die Nacht durch, und als, kurz bevor mein Zug fuhr, die Amseln in den Akazien gegenüber dem Bahnhof wie alte Nachbarinnen zu zanken begannen (Irinas Worte) und der Himmel das Gold einer russischen Ikone annahm (meine verliebte Einbildung), konnte ich nicht mehr an mich halten, Ira ein Buch zu versprechen.

Seither entstehen Nacht für Nacht einige Seiten, die ich ihr am anderen Morgen zufaxe. Abends meldet sie sich zurück, lobt ein bisschen, meckert ein bisschen und bestimmt schliesslich, wie ihr Buch sich weiter entwickeln soll. Dieses Spiel wollen wir treiben, solange der Sommer dauert. Danach wird dir nichts anderes übrig bleiben, als den Text zu verlegen – denn ein Buch ist ein Buch schliesslich erst, wenn es gedruckt ist, und versprochen ist versprochen (und du kannst unmöglich wollen, dass ich in Irkas Augen als Hochstapler dastehe).

Ich kann dir aber versichern, es wird keine Seite auf deinen Schreibtisch gelangen, die nicht von ihrer Eigentümerin abgesegnet wäre – und Irina Jurijewna (das schreibe ich mit einem Seufzer) ist alles andere als eine anspruchslose Leserin!

Lieber Wolfgang, ich grüsse dich fröhlich und abgearbeitet, den Text erhältst du häppchenweise.
P.S. Falls du Fragen hast, erreichst du mich in Zürich,

an der Tastatur klebend. Geschieht nichts ganz und gar Unfassbares, rühre ich mich diesen Sommer hier nicht mehr weg.

Tim Krohn

Irinas Buch

der leichtfertigen Liebe

Eichborn.**Berlin**

Der Autor dankt – in seinem wie in Irina Jurijewnas Namen – der Kulturkommission des Kantons Zürich für ihre grosszügige finanzielle Unterstützung, der Akademie Schloss Solitude für die Beherbergung des Autors während der Durchsicht des Manuskripts und wieder einmal Brigitte Ortega Velázquez-Huber für ihre unerbittlich kritische Lektüre.

2 3 4   02 01 00

© Eichborn AG;
Frankfurt am Main, August 2000
Umschlaggestaltung: Christina Hucke, Foto: Erwin Blumenfeld
Lektorat: Wolfgang Hörner
Gesamtherstellung: Fuldaer Verlagsagentur, Fulda
ISBN: 3-8218-0692-3

Verlagsverzeichnis schickt gern:
Eichborn Verlag, Kaiserstraße 66, D-60329 Frankfurt am Main
www.eichborn.de

Irinas Buch der leichtfertigen Liebe

Erste Nacht

Als am ersten Sonntag der grossen Ferien die Mallehrerin Ewa Guve mit verbrannter Haut an Brauen und Nasenrücken von einem erschöpfenden Ausflug nach Svärdsjö in ihr falunrot getünchtes Blockhaus zurückkehrte, fand sie, nachdem sie die Laubstückchen von den Blaubeeren gesammelt und sie zusammen mit den Walderdbeeren in eine Schale gegeben hatte, im Faxgerät den fehlgeleiteten Brief einer Frau, die sie nicht kannte, an einen Mann, den sie zu erinnern glaubte.

IRINA J. M. – JULY 22 – 17:32
Timka, was soll das, du hast mich überrumpelt! Hatten wir nicht ausgemacht, ich sollte dir eine erste Idee liefern? Ich hatte mir auch schon was ausgedacht und mühsam in meinem geradebrechten (radegebrechten?) Deutsch niedergeschrieben, das kann ich jetzt alles wegwerfen …

Und wo zum Teufel liegt Svärdsjö? Wenn du schon vorpreschen musst, wieso nicht nach Moskau oder Paris oder in sonst eine zivilisierte Gegend? (Und jetzt spar dir, Timka, die bissige Bemerkung, ich habe unser Gespräch über das kapitalistische Russland noch deutlich in Erinnerung.)

Wenn ich trotzdem etwas wünschen darf: Gib mir einen vernünftigen Grund, weshalb ich mich für Ewa und ihr (norwegisches? grönländisches?) Eigenheim interessieren sollte.

Es küsst dich züchtig
Ira.

Zweite Nacht

Noch als Ewa sich am frühen Morgen aufs Rad schwang und den Feldern entlang das Tal hinab fuhr, war sie ganz Lehrerin: ihr Denken war schnell und praktisch und bewegte sich zwischen Aufgabe und Lösung. Auch als sie kurze Zeit später das Rad in den Strassengraben legte, um mit ungeduldigen Schritten die Wiese empor waldwärts zu steigen, sassen ihr noch das Kindergeschrei und die mahnenden Lehrerstimmen des eben beendeten Quartals im Nacken (des zwölften, wie sie müde nachrechnete), und sie stellte fest, dass sie vor der Stille der Hälsingländer Hügel zurückschreckte. Mehr entschlossen als lustvoll erklomm sie die Hänge; ab und zu blieb sie an eine Birke gelehnt einige Sekunden stehen, um die lichte, in unmerklicher Wölbung ansteigende Erdfläche zu überblicken, und fragte sich, ob die Tatsache, dass sie sich mit dreissig selbst als Lehrerin, nicht mehr als Künstlerin bezeichnete, bereits das endgültige Scheitern ihres Lebenswegs bedeute.

Doch dann geriet sie ausser Atem und konzentrierte sich auf ihren Körper. Die Schweigsamkeit des Waldes besetzte sie, ihre Schritte wurden leichter und bestimmter. Die Gedanken wichen einem immer heftigeren Gefühl einer sonderbar melancholischen Euphorie, und als sie sich gegen Mittag inmitten einer kleinen Ansammlung von Buchen zu Boden legte, fühlte sie sich endlich geschichtslos und frei von Sehnsucht wie ein Tier. Sie lag auf dem etwas versandeten Boden und sah zu, wie die windbewegten Baumkronen einander den Himmel zuschoben – und plötzlich glaubte sie, das brackige Wasser des Bottnischen Meerbusens zu riechen, auf dessen finnischer Seite sie einen Teil ihrer Jugend verlebt hatte, stand auf und ging verwirrt weiter. Mit Erinnerungen wie dieser hatte sie nicht gerechnet.

Ihre Irritation hielt nicht lange an; bald erlaubte sie sich, wieder beschwingter zu gehen, vergnügt spürte sie die wechselnden Schatten der Äste auf ihrer Haut. Und schliesslich wollte sie nur eben ihren Schuh binden, wankte etwas und hielt sich am rauen, verletzten Stamm einer Fichte fest, danach haftete ihr das scharf riechende Harz an der Hand, hartnäckig, beinah gierig – und dieses klebrige, ätzende bisschen Harz weckte das erste Mal seit Jahren das entzückend ungehörige Gefühl in ihr, eine Künstlerin zu sein, der Tag war endgültig gerettet. Den Nachmittag über (während sie für die Einladung am Abend Blaubeeren suchte und unvermittelt auf ein grosses Feld wilder Erdbeeren stiess) schwebte sie in einem leichtsinnigen Stolz: Als Künstlerin fand sie sich in ihrem verschwitzten Körper, den sie in seiner sperrigen Mädchenhaftigkeit immer nur verflucht hatte, plötzlich wieder unerhört erregend, und sie genoss das Gefühl, am Leben zu sein, wie lange nicht mehr.

Gegen Abend stiess sie erschöpft, salzverkrustet und mit dem herben Stolz einer Weltreisenden ihr Rad auf das biedere, etwas verlebte Holzhäuschen zu, das sie bewohnte, seit sie Lehrerin war. Sie schloss die Tür auf, trat in den Flur und betrachtete die Räume mit dem Gefühl, mit dem man einen Schrank aus Kindertagen öffnet, einer Mischung aus Wehmut und Spott über die eigene frühere Geschmacksverirrtheit – und als sie kurz danach in ihrem Faxgerät einen fehlgeleiteten Brief entdeckte, den jemand ihrer Jugendliebe Ira geschrieben hatte, las sie ihn ohne zu zögern als das Zeichen einer anderen Welt, die nach ihr verlangte.

IRINA J. M. – JULY 23 – 18:12
Schön, Timka, ich sehe es ja ein: auch in Svärdsjö lässt es sich (mit dem gehörigen Hang zur Melancholie) leben. Aber Paris ist es deshalb noch lange nicht.

Hier daher die beiden Anfänge nachgeschoben, die ich für dich notiert hatte. Wenn du magst, fang was damit an.
I
Hochsommer, sonnig, Morgenstimmung. Noch angenehme Temperatur, aber der Tag verspricht heiss zu werden. Ein Mann (Mitte dreissig, vierzig), weisses Hemd, sitzt im Café und schreibt an einem Essay, Thema darfst du dir aussuchen. Von irgendwo eine kindliche quengelnde Stimme, ein Mädchen mit Lokkenkopf (wehe, den unterschlägst du!): »Mein Ball ...!«
II
Sommer, es regnet in Strömen. Ich gehe durch Paris (hörst du? PARIS!), an Schaufenstern vorbei, und sehe dich im Laden vor einem Spiegel stehen, du trägst ein langes weisses, hochsommerliches Kleid, durchnässt und erwartungsvoll.

Nörgel nicht, ich bin nicht die Schriftstellerin.

Ach ... und gib mir morgen doch bitte das ominöse Fax an Ira (Witzbold) zu lesen!

Gruss – tja, ebenfalls von Ira.

IRINA J. M. – JULY 23 – 19:24
Entschuldige, Timusch, hier bin ich nochmals. Stelle fest, ich kann das mit dem Namen von Ewas Jugendliebe doch nicht so einfach hinnehmen. Was ist in dich gefahren, ihn nach mir zu benennen? Gefällt mir nicht, gefällt mir ganz und gar nicht. Ich will gefälligst eine WEIBLICHE Identifikationsfigur!

Und überhaupt, was ist Ira für ein Name für einen Mann! Du wirst bei deiner Leserschaft (Gott schütze und erhalte sie dir!) nichts als Verwirrung stiften, Ira heissen nun mal nur FRAUEN (Frauen wie ich).
Ir.

23/07/1999   19:55   ++41-1-272-48-87   S. 01
Irka, du bist ein Dummkopf. Ira Gershwin war ein Mann, Ira Rosenfeld ist einer und Ira Schtschukin, der Bildersammler, auch – zumindest wüsste ich nichts anderes. In den Vereinigten Staaten Amerikas wimmelt es von Iras, und wenn ein Russe mit dem umständlichen Namen Jaroslaw Jurijewitsch Grinko in Boston studiert, wird er es bald satt haben, ihn aller Welt zu buchstabieren, und sich ganz, ganz schleunigst in Ira umtaufen. (Ein Name, der Dunja übrigens ausnehmend gut gefällt!)
Darf ich jetzt schreiben?

IRINA J. M. – JULY 23 – 20:11
Ira ist Russe? Na schön, du hast mich!
Aber wer zum Henker ist Dunja?

23/07/1999   20:11   ++41-1-272-48-87   S. 01
Lernst du gleich kennen. Darf ich jetzt?

IRINA J. M. – JULY 23 – 20:12
Leg los, du Gauner – aber glaub nicht, du kämest immer so glimpflich davon. ? Будь оно проклято!

Dritte Nacht

Am frühen Sonntagmorgen sass Dunja in einem kleinen, etwas düsteren Café im fünften Pariser Arrondissement und schrieb ihrem Mann einen (langen, langen, langen) Brief.

»Ira, Lieber, endlich. Du bist ein Trotzkopf. Ich liebe dich, ich vermisse dich, und wenn ich nicht schrieb, dann nur, weil es nichts zu schreiben gab. Ich habe den Schreibtisch ans Fenster geschoben, um nicht zu allein zu sein (nachts arbeite ich auch mal auf dem Dach, bei Kerzenlicht und viel zu vielen Zigaretten und homöopathisch verdünntem Pernod aus dem Glaskrug). Ich verzweifle an der Bunin-Übersetzung wie eh und je! Vergrabe mich für Nachmittage in die Bibliotheken und Archive.

Die übrigen paar Stunden gehe ich unsere Wege, Tag für Tag, trinke Kaffee in der Rue de l'Arbalète oder frühstücke (wie jetzt) in dem kleinen, düsteren Bistro um die Ecke, dessen Wirt sich übrigens noch an uns erinnert und dich grüssen lässt. (Die Pariser sind eben doch nicht alle nur arrogant und oberflächlich und fremdenfeindlich, du Lästermaul!) Er hat noch gefragt, weshalb ich dich verlassen habe; er glaubt mir nicht, dass du in der Lage bist, mich allein hier in Paris zurückzulassen.

Die Stadt ist grau, leer und rechteckiger denn je. Die Hitze ist unerträglich, das einzig Feuchte sind die paar zurückgebliebenen, wie Fliegenfänger klebrigen Menschenkörper. Erinnerst du das Märchen von der versteinerten Stadt, das ich noch in Moskau übersetzt habe? Voilà Paris! Man lebt wie auf der Asbestplatte eines Chemikalienkochers.

Fast alle sind deshalb aufs Land oder ans Meer gefahren, auch Ulysses und die Meyers und Françine und alle unsere Nachbarn. Mir bleiben gerade mal Alexandra (sie ist wieder verliebt, wieder in einen Assistenzarzt, und wieder verachtet sie ihn, weil er so dumm ist, sie zu lieben) und Robert – der treue Robert, der mir neuerdings das Schachspielen beibringen will und dich bei jedem Telefonat aufs Neue bewundert und beneidet. Und ach ja: Jean-Ives hat geschrieben, er komme nächste Woche aus Marseille nach Paris und werde sich melden.

Worüber sollte ich dir also schreiben? Der Kanarienvogel der Alten gegenüber lag gestern Mittag tot im Käfig, ihn traf der Hitzschlag. Ach, sogar das ist gelogen, es geschieht hier einfach nichts Erzählenswertes.

Natürlich bin ich daran nicht unschuldig. Ich hatte dir versprochen, meine Freiheit zu geniessen, und würde es ja auch gern tun – aber ich kann nicht, vor lauter Iwan Aleksejewitsch Bunin und seinen unsäglich deprimierenden Gestalten, und vor Sehnsucht nach dir. Im Gegenteil, obwohl ich ein schreckliches Gewohnheitstier geworden bin, habe ich das Gefühl, ich verliere mich jeden Tag etwas mehr. (Ausser nachts, wenn ich nackt und meist ohne Laken daliege und an dich denke und deine Hände auf meinem Bauch und auf meinen Brüsten fühle und deine Zunge zwischen meinen Beinen und deine Stimme in meinem Nacken, deine vibrierende, unartikulierte Stimme …)

Ja, Irka, das ist die andere Seite der Einsamkeit und der Hitze einer toten Stadt: ich bin lüstern und genusssüchtig wie kaum zuvor …

—

Entschuldige, ich war kurz weggetreten, bestellte neuen Kaffee, rauchte eine Zigarette und flirtete etwas mit einem verwuschelt Dunkelhaarigen in weissem, ungebügeltem Hemd, der ebenfalls schreibt und ebenfalls unterbrochen wurde und sich ebenfalls eine Zigarette nahm und den nächsten Kaffee bestellte. Der fade Grund für unsere Pause: Eine Göre kroch fünf Minuten lang mit der üblichen Hysterie Achtjähriger unter den Tischen und Stühlen durch ihrem Ball nach. Jetzt hat ihre Mutter ihn aber gefunden (vielleicht ist sie auch die Gouvernante), und ich kann dir das einzig Aufregende erzählen:

Gestern kurz nach vier, als ich von der Bibliothèque Nationale heimwärts ging, goss es eine Weile wie aus Kübeln. Nicht wirklich erfrischend, der Regen war so warm wie die Luft und fühlte sich nicht anders an als der Schweiss, der allen hier Tag und Nacht über die Haut rinnt. Ich genoss ihn trotzdem, spazierte klitschnass die nun endgültig ausgestorbene Galerie der Rue de Rivoli entlang, bummelte und sah mir die Auslagen an (du glaubst nicht, wieviele neue Geschäfte ich entdecke, seit ich unsere Wege allein gehen muss!).

Und irgendwann stand ich vor einer Lingerie mit ein paar hinreissenden Korsetten im Fenster. Die Scheiben waren etwas beschlagen und der Laden unter den Wolkenschatten so sehr im Dunkeln, dass ich annahm, er sei geschlossen. Und nachdem ich schon eine ganze Weile ziemlich hemmungslos an der Scheibe geklebt hatte, um bis in die Regale zu sehen, bemerkte ich, dass im Laden eine Frau vor einem Spiegel stand, in einem weissen, knielangen, völlig durchnässten Kleid. Sie hatte mir den Rücken zugewandt, aber Ira: ich sah ihre Haltung und ihre Hände, als sie versuchte, ihr Haar zu ordnen, ihre zögernden Bewegungen – und plötzlich war mir ganz so, als würde ich mich selbst betrachten! Als wäre ich du und würde mit deinen Augen mich von aussen betrachten ...

Ach Gott, es war unglaublich, wie kann ich es dir beschreiben, dass du begreifst, wie überwältigt ich war? Ich weiss nicht, ob die Frau im Wäschegeschäft irgendeine Ähnlichkeit mit mir hatte; ihre Bewegungen, ihr Körper, die Art, wie das Kleid über den Körper halb fiel, halb an ihm klebte, und dann die Haare, diese dünnen, nassen, wunderbaren Haare, die ihr in Spitzen über den Schultern lagen wie Spatzenfüsse, dieser Anblick war mir unendlich vertraut – doch nicht vertraut wie etwas Eigenes, sondern wie etwas lange Geliebtes, wie etwas vertraut Begehrtes. Ira, ich sah sie ebenso ungehemmt liebevoll und beherrschend an, wie du mich ansehen kannst, wenn ich dabei bin, mich zu frisieren oder zu schminken – und ich begehrte sie, wie du mich begehrst! Ich hatte eine unglaubliche Sehnsucht nach ihr, gleichzeitig hatte ich den Eindruck, sie zu sein und überhaupt nicht sehnsüchtig, nur allein und einsam und glücklich in dieser Verlorenheit in diesem reinlichen, schattigen Wäschegeschäft im Zentrum einer grauen, nach Staub und Asbest riechenden, leergeschwemmten Stadt. Das alles ist verrückt, ich weiss, aber du wirst mich begreifen. Bitte, bitte, Liebster, sag, dass du mich begreifst!

Dann wandte sie sich zum Fenster (ich hatte ihr wohl das Licht genommen) und entdeckte mich – und du kannst dir vorstellen, wie ertappt ich mich fühlte! Sie allerdings bewegte sich weiterhin ohne jede Unruhe, auch ohne das kleinste Erschrecken oder Erstaunen oder auch nur Zwinkern.

Sobald ich in ihr Gesicht sah, war das Gefühl des Vertrauten übrigens wie weggeblasen – nein, das stimmt nicht, die Vertrautheit wurde nur eine andere (jetzt frag mich aber nicht, welche). Ihr Gesicht ist nicht auffällig schön, es ist einfach nur offen, offen und ohne Geheimnis wie ein Lichtfleck an der Wand. Eine Fläche ohne besondere Merkmale, nur hell und ausgestellt und – nein, auch nicht schutzlos, eher fordernd fast, ein Gesicht ohne Notwendigkeit zur Vorsicht.

Vor allem aber (Gott, ich bin immer noch verwirrt!), vor allem hatten dieser Blick – ihr heller, unverbauter Blick –, die schmale, offene Nase und das gerade fallende nasse Haar etwas derart unverhohlen Sexuelles – im ersten Augenblick hätte ich sie ohrfeigen mögen, so mauerblümchenhaft kam ich mir vor in meinem stillen, beherrschten Begehren ...

Ach, Ira, in dieser abgestorbenen Stadt so unverhofft einem Blick zu begegnen, in dem nichts anderes mehr ist als nur die uneingeschränkte Sehnsucht nach Lust! Es war so schön, dass es weh tat. Was war danach? Sie machte, glaube ich, einen Schritt auf mich zu. Womöglich wollte sie mich ins Trockene bitten, vielleicht wollte sie mir auch nur mitteilen, dass das Geschäft geschlossen sei. Ira, ich flüchtete (lach mich nur aus), ich rannte weg wie immer, oh, bin ich wütend auf mich! Und ich muss so lächerlich ausgesehen haben, gerade weil ich mir solche Mühe gab, würdevoll zu bleiben. Mit den geschäftigen Schritten eines ... eines Börsenmaklers wechselte ich auf die andere Strassenseite, danach lief ich durch den Regen die ganze Rue de Rivoli entlang bis zur Metrostation, mit starrem Genick, das Kleid klebte mir an den Schenkeln, es fehlte nur noch, dass ich es mit meinen Giraffenschritten zerrissen hätte. Und den ganzen Weg über sass mir all meine Aufmerksamkeit zwischen den Schulterblättern, ich ging, als hätte ich die Ohrmuscheln nach hinten gedreht: ich hoffte nichts sehnlicher, als dass sie auf die Strasse treten und mich rufen würde.

—

Das war's. Schwamm drüber. Ich brauche keine Abenteuer. Heute abend treffe ich mich mit Alexandra, wir werden etwas kochen, und eben habe ich meinem Flirt vom Nebentisch wieder ein Lächeln geschenkt. Das muss reichen. (Du kennst ihn übrigens, es ist dieser Soziologe, mit dem du irgendwann im Winter ein paar Stunden interkulturelle Randerscheinungen der Fussball-Weltmeisterschaft diskutiert hast.) Möchtest du, dass ich ihn zum Kaffee einlade?

Ach, was will ich dir beweisen – ausserdem sieht er übernächtigt, abgehetzt und unglücklich aus, sein Hemd ist im Rücken gelb vom Schweiss, und während er mir zurück lächelt, sind seine Gedanken schon wieder woanders.

Irka, ich gehe wieder an die Arbeit. Und du schreib mir endlich, wie sich die Verhandlungen wegen der Datscha entwickeln, auf einen weiteren Sommer in Paris würde ich gern verzichten. Pass auf dich auf, grüss mir Wolodja und Koka und die Genossen Metalow und Bondarjuk und die alte Moskauer Bande und wen immer du noch triffst.

Und bitte, bitte (das ist sehr wichtig): Versuch Alla Gromowa zu erreichen, sie hat mir ein paar Dokumente zum Verhältnis Bunin-Tschechow versprochen, ohne die ich nicht weiterkomme. (Das ist gelogen, aber für mich eine gute Ausrede, um vielleicht heute doch endlich schwimmen zu gehen, und dir dient es, sie zu erpressen.) Sag ihr, ich erspare ihr dafür die angekündigte Liste mit den unübersetzbaren Passagen: Habe letzte Woche Svetlana getroffen, wir konnten fast alles klären.

Mein Pferdchen, liebe du dich, wie ich dich lieben würde, auch körperlich, das ist ein Befehl: mindestens einen Orgasmus wöchentlich braucht der Mensch! Ansonsten tu, was du für richtig hältst, vergnüg dich und hab ein schlechtes Gewissen, wie es sich gehört. Zur Busse iss ein Plombir in der Gorki-Strasse für mich, mit Schokoladesauce und gerösteten Haselnüssen. Ich liebe dich.

P. S. Ich werde den Brief an den Faxanschluss von Frédérics Handy senden, dessen Nummer du mir angegeben hast. Ich hoffe, er erreicht dich.

P. P. S. Nochmals zu Moskau: Vergreif dich an den Sekretärinnen, so oft du willst, aber Hände weg von den Dolmetscherinnen!

24/07/1999 20:32 ++41-1-272-48-87 S. 01
Irina, wie lange lässt du mich warten? Wir hatten abgemacht, bis sechs. Ich sollte längst am Schreibtisch sein.

IRINA J. M. – JULY 24 – 20:50
Du talentierte Sau, Dunja ist wunderbar! Schönen Dank auch für den verschmuddelten Essayisten – keine Sorge, er braucht nicht wieder aufzutreten.

Jetzt erzähl von Ira, aus Ewas ewig ambivalenter Weltsicht. Wie alt war sie, als sie ihn kennenlernte? Lass ihr ruhig einen Kloss im Hals sitzen. Verbindlicher Schauplatz: Amerika, Universitätspark, Prüfungszeit. Seine Augen haben die Farbe von Regenwasser und sehnen sich nach einer schönen Frau.

Mit wem lebt Ewa jetzt?
Bis morgen, Timka!

P. S. Denk daran, du sonderbarer Mensch, mindestens einmal die Woche. Heute ist Freitag.

P.P.S. Die Gorki-Strasse heisst seit bald zehn Jahren wieder Twerskaja Uliza. Und glaub nicht, mir wäre entgangen, dass du den Lockenkopf unterschlagen hast!

Vierte Nacht

Während Ewa in der nur matt erleuchteten Küche am Herd stand und auf den Kaffee wartete, bemerkte sie, dass sie nicht die geringste Lust verspürte, wieder auf die Veranda zu treten. Sie nahm sich eine Handvoll Beeren, liess sie sich, auf das Fensterbrett gestützt, in den Mund rollen und betrachtete durch das Fliegengitter, mit einer Mischung aus Spott und Selbstmitleid, ihre Freunde, die satt, erschlafft und zufrieden ob ihrer während des Essens bewiesenen Schlagfertigkeit in den Stühlen lagen.

Gott, Ulla hatte bereits wieder ihren mädchenhaft debilen Blick aufgesetzt – aber in ihrem Jahrzehnt als Unterstufen-Lehrerin hatte sie sowieso die Ausstrahlung einer südschwedischen Milchkuh angenommen. Erik, bis vor nicht allzu langem noch »ihr Erik« (gütiger Himmel!), starrte stumpf vor sich hin, der Abend war nicht verlaufen, wie er es sich gewünscht hatte, und Ewa fragte sich das bestimmt hundertste Mal, wie sie jemals mehr in ihm hatte erkennen können als den langweiligen, stets nur nörgelnden, stets alles und jeden für sein missratenes Leben verantwortlich machenden Mathematiklehrer, der nie verkraften würde, dass eine Frau ihn aus freien Stücken und im Vollbesitz ihrer geistigen Kräfte verliess. Ingrid immerhin (die eben grundlos auflachte, bevor sie den Blick glucksend in ihr Glas versenkte) konnte Ewa ohne Aversionen betrachten, Ingrid mochte sie wirklich: in erster Linie, weil sie den Mut gehabt hatte, ihren Lehrerinnenjob aufzugeben (um ihn allerdings gleich darauf, schwer zu verzeihen, Unselige, ihr aufzuschwatzen!) und wieder als Fotografin zu arbeiten; dazu hatte es aber auch einen ungeheuren Charme, wie sie andauernd alle möglichen Menschen einfach uneingeschränkt wunderbar fand –

ohne sich selbst davon auszunehmen. Sven ... ja, was sollte sie von Sven halten? Er balancierte konzentriert auf zwei Stuhlbeinen, als sei dies eine abendfüllende Beschäftigung – und mehr tat er nie, er war der stets alles lächelnd beobachtende, gelegentlich humorvoll kommentierende Anwaltsgehilfe, ein intelligenter Lakoniker ohne Eitelkeit, aber auch ohne Ehrgeiz, überhaupt ohne den geringsten anderen Motor zu leben, als dass das Sterben ihm angesichts seiner unverwüstlichen Gesundheit zu anstrengend erschien.

Ewa dachte verständnislos daran zurück, wie sie eine Viertelstunde zuvor noch durchaus selig gewesen war, eine Pute unter Puten, sich in der Aufmerksamkeit ihrer Freunde gesonnt und fröhlich geplaudert hatte. Momentan hielt sie ihre vorherige Ausgelassenheit ebenso wie ihre jetzige Müdigkeit und überhaupt die ganze verdammte Wankelmütigkeit, die begonnen hatte, als sie Dunjas Brief entdeckte, nur noch für dermassen unangebracht, dass sie sich nicht halten konnte, die letzten Wochen daraufhin abzuklopfen, ob sie am Ende jemandem Gelegenheit gegeben hatte, sie unbemerkt zu schwängern – doch inmitten ihrer spöttischen Untersuchung überfiel sie wieder das Bild jener an einem Pariser Cafétisch über einen Bogen Papier gebeugten Dunja, und sie gestand sich schweren Herzens ein, dass ihre ganze Wankelmütigkeit allein mit ihren widersprüchlichen Gefühlen für diese seltsam hinreissende Briefschreiberin zu tun hatte.

Ihre erste Regung, als sie, noch neben dem Faxgerät am Boden sitzend, begonnen hatte, Dunjas kräftige kyrillische Schrift zu entziffern, war blosse Neugierde gewesen. Bereits nach den ersten Sätzen war sie jedoch einer unbestimmten Beklemmung gewichen, und als sie den Brief zuende gelesen hatte, ohne ihn im Detail zu verstehen – dazu reichten ihre Russischkenntnisse aus dem einen Jahr St. Petersburg nicht aus –, wollte sie lange Zeit nicht akzeptieren, dass ihr ganzer Gefühlsüberschwang tatsächlich ausschliesslich jener Frau galt und auch nicht im Geringsten ihrer einst so grossen Liebe Ira.

Später, nachdem sie sich etwas abgelenkt: geduscht, vorgekocht, den Tisch gedeckt hatte, begannen ihre Gefühle sich zu verschieben. Sie lachte über Iras Zerstreutheit im Umgang mit ihrer Faxnummer, für Momente wechselte auch ihre warmherzige Sympathie zu Dunja in ein fast bösartiges Vergnügen darüber, dass sie durch einen blossen Irrtum eine fast göttliche Verfügungsgewalt über die intimsten Bereiche zweier Menschen erhalten hatte, die ihr von ihrem jetzigen Leben unendlich weit entfernt schienen, und schliesslich erschien ihr der Brief als nichts weiter denn als ein willkommenes Gesprächsthema für den Abend.

Sie erzählte davon beiläufig, bereits während des Aperitifs, unter dem Vorwand, einen Rat zu brauchen, wie sie mit dem Brief weiter verfahren sollte. Dunja interessierte, wie sie es erwartet hatte, niemanden, alle stürzten sie sich aber auf Ira, den ominösen, unverhofften ehemaligen Liebhaber ihrer doch stets so zurückhaltenden Ewa. Von diesem Augenblick an bildete sie den Mittelpunkt des Abends – und weiss Gott, sie genoss es, mit ihren Freunden zu spielen, Andeutungen mit Andeutungen zu begegnen und Eriks plumpe Unterstellungen und Eifersüchteleien mit erbarmungslos kokettem Lachen zu übergehen.

Erst als sie aufgestanden war, um die Teller hinauszutragen, stellte sie fest, wie sehr das Spiel mit den Freunden ihre eigene Erinnerung bedrohte – und mehr noch ihre heftigen, unkontrollierten Gefühle für Iras jetzige Geliebte. Zwar hatte sie es stets elegant vermieden, mehr als oberflächliche Informationen zu ihrer damaligen Affäre preiszugeben (Filmstudent aus Moskau, Bostoner Kunstakademie, Privatstunden in Russisch zur Auffrischung ihrer Kenntnisse aus dem finnisch-sowjetischen Schüleraustausch). Immer wieder hatte sie Mutmassungen mit einem Lächeln so gut wie bestätigt, ohne sich festzulegen, war mit einer flachsigen Bemerkung ausgewichen – und doch hatte sich unbemerkt ein Ekel eingeschlichen, der auf alles überzugreifen drohte, woran sie sich erinnern wollte.

Sie wusste, es war höchste Zeit, das Spiel abzubrechen, rauchte noch gemütlich eine Zigarette und spülte die Teller vor, bevor sie endlich wieder auf die Veranda trat und die Kaffeekanne auf den Tisch stellte. Sie betrachtete die erschlaffte, schweigende Runde und fragte mit unbeschwerter Ironie, worum das Gespräch sich drehe, sie war sich sicher, das Thema Ira sei erschöpft.

Ulla jedoch antwortete mit drohendem Unterton: »Es wird Zeit, dass du Klartext redest.« Ihre Freunde setzten sich sogleich auf und rückten näher an den Tisch, und Ewa begriff, dass sie beschlossen hatten, sie für die Aufmerksamkeit, die sie ihnen den Abend hindurch abverlangt und die sie zu wenig belohnt hatte, bezahlen zu lassen.

»Schön«, sagte sie erschöpft, ohne jedoch ihren Ekel zu zeigen, goss sich Kaffee ein und setzte sich, etwas entfernt von den anderen, das Gesicht im Schatten, in einen Korbsessel. »Was wollt ihr noch wissen?«

Es begann ein regelrechtes Verhör. Von den Blicken der anderen an ihren Sessel gefesselt, lieferte sie belanglose Antworten auf belanglose Fragen. Dafür erhielt sie Kaffee, Wodka und Zigaretten, und ab und zu schob Ingrid ihr eine Erdbeere in den Mund und sagte: »Brav, Ewchen, schön bei der Wahrheit bleiben.«

Gleichgültig beantwortete sie Fragen nach dem ersten Kuss und sexuellen Kontakten, während ihre Augen müde die Dunkelheit suchten und sie sich fragte, ob über Paris jetzt dieselben Sterne stünden und wie sie es anstellen sollte, Dunja Iras Missgeschick mit ihrer Nummer zu erklären.

Als die Fragen sich auf immer unwesentlichere Details beschränkten, spaltete sich die Gruppe. Ingrid und Ulla fanden zu keiner Einigkeit, ob die Beschreibung Wasseraugen in einem Verhör zulässig sei und wie anders man helle Augen ohne eigene Tönung beschreiben könne, die ihre Farbe der Umgebung, dem Licht des Himmels, der Kleidung anpassen, während Erik lautstark zu diskutieren verlangte, weshalb die Frauen von heute ausgerechnet jene Körperstellen eines Mannes für sexuell bedeutend halten, die bei der Evolution nicht die geringste Rolle gespielt haben. Sven, um Eriks trunkener Zudringlichkeit zu entgehen, suchte die Toilette auf, danach setzte er sich neben Ewa auf die Türschwelle, betrachtete wie sie den Himmel, Erik betrachtete Sven, dann Ewa, fühlte sich ausgeschlossen aus deren einmütiger Schweigsamkeit, und nachdem er einige Zeit hilflos und verbittert in die Windungen des Kerzenwachses gestarrt hatte, erhob er sich kurz entschlossen und wankte grusslos nach Hause.

Ulla und Ingrid standen ebenfalls auf und verabschiedeten sich, Sven blieb, ohne dass Ewa ihn gebeten hätte, trug wortlos die Gläser in die Küche und begann abzuwaschen. Sie schwiegen auch noch, als Ewa, die Hände voller Kerzenstummel und verlaufenem Wachs, in die Küche kam und das Geschirrtuch von der Stuhllehne nahm, um ihm zu helfen.

Ewa genoss die Stille, ebenso wie sie es genoss, nicht allein zu sein. Sie spürte die ganze Schwere des langen Tages, und solange sie nicht sprachen, war sie sich sicher, fröhlich zu sein; für einen Augenblick hatte sie sogar ein Lied auf den Lippen.

Erst als sie schliesslich eine beiläufige Bemerkung machen wollte, bemerkte sie überrascht, dass sie mit dem ersten Wort in Tränen ausbrechen würde. Sven hatte sich ihr jedoch bereits zugewandt und wartete darauf, dass sie sprach, und ihr fiel nichts anderes ein, als seinen Nacken zu umfassen (das feuchte Geschirrtuch noch in der Hand), seinen Kopf herab zu ziehen und ihn auf den Mund zu küssen. Im nächsten Augenblick tastete sie bereits atemlos nach der Schnalle seines Hosengurts, und erst, als sie daran scheiterte und vergnügt zurücktrat, damit er den Gurt öffnen konnte, fand sie zu einigen Worten und versicherte sich leicht besorgt: »Wir sind aber nur Freunde, ja?«

Am anderen Morgen (Sven hatte sich früh aus dem Haus geschlichen) sass sie zerschlagen und gut gelaunt beim Frühstück, als sie aus der Anwaltskanzlei Kindahl & Partner ein Fax erreichte, das neben der freimütig über die erste Seite gekritzelten Bemerkung »ein Freund« und einem akkurat ausgemalten Herzchen die Telefonnummer des Organisationsbüros des eben eröffneten Moskauer Filmkongresses enthielt, ausserdem eine Liste der Teilnehmer, darunter ein Jaroslaw Jurijewitsch Grinko, Vertreter der Filmagentur France Est, Paris.

IRINA J. M. – JULY 25 – 17:32
Sag mal, Timka, geht's vielleicht etwas fröhlicher?

Ach, Timoscha, mein Armer, entschuldige. Ich weiss, ich habe dich mit meinen Vorgaben Blut schwitzen lassen. Ich hätte, was ich dir gestern gefaxt habe, auch am liebsten gleich wieder zurückgezogen – aber es war alles so hektisch, ich war verabredet und in Eile, und ich wusste, dass du wartest ...

Wieso wirfst du nicht einfach über Bord, was dir nicht in den Kram passt? (Wie schon erwähnt, ich bin keine Schriftstellerin.)

Tüchtig aber, wie du trotzdem den Bogen gekriegt hast, du beherrschst dein Handwerk.

So, und weiter geht's mit Ira und Dunja, bitte. Mehr schreibe ich dir heute nicht vor, sonst meckerst du bestimmt gleich los. Was du aber heute Nacht benötigen könntest: ein paar Kosenamen für Dunja (ohne die geht, du weisst ja, in Russland gar nix): Dunjascha, Dascha, Duschenka (= Seelchen), Dunjaschenka, Dunjad, Duschok, Darjok, Darjenka ...

Ist dir übrigens klar, Timka, dass »Dunja« für russische Ohren DER Dienstmädchenname schlechthin ist?

Ich küsse dich, hab Spass!
Ir.

Fünfte Nacht

Am Freitag klingelte am frühen Nachmittag die Glocke des altmodischen Telefons, das neben der Küchentür im dunklen, schmalen, beinahe quadratischen Flur von Dunjas und Iras Wohnung hing. Dunja nahm den Hörer ab, doch hörte sie nichts als ein Rauschen und periodisches Ticken. Dann wurde die Verbindung plötzlich klar, und sie hörte Iras Stimme, als stünde er neben ihr.

»Duschok, hörst du mich?«

»Ira, was ist denn das für eine Verbindung? Von wo aus rufst du an?«

»Aus Moskau. Das ist Kokas Handy.«

»Du sollst mich doch nicht anrufen, Irka«, sagte sie vorwurfsvoll. »Wir hatten das verabredet.«

»Schimpf nicht, Frédéric bringt dir Alla Gromowas Unterlagen. Du musst ihn am Flughafen treffen, er fliegt gleich weiter nach Avignon.«

»Wann?«

»Gott, ja, wann? Morgen früh irgendwann. Ich habe vergessen, ihn danach zu fragen. Er fährt im Hotel um neun ab. Erkundige dich.«

»Danke«, sagte Dunja knapp. »Ira, ich vermisse dich, was tust du? Amüsierst du dich?«

»Was tue ich ...« Er lachte. »Ich rede furchtbar viel, alle hier reden bis zum Umfallen – ach, was fragst du! Du kennst es doch, ich sehe mir in irgendwelchen Hotelzimmern irgendwelche Filmmuster an, nachts trinken wir und diskutieren. Koka ist unerträglich geworden, er will, dass ich in eine neue Partei eintrete, deren Namen ich immer gleich wieder vergesse, und bearbeitet mich rund um die Uhr; er lässt mich nicht mal mehr allein aufs Klo. Ausserdem ist Boris Kafurin hinter mir her ...«

»Boris Nikolajewitsch?«

»Er plant einen neuen Film und will, dass ich ihn nach Frankreich bringe. Eigentlich soll ich koproduzieren ...«

»Aber womit denn?«

»Eben. Ich habe ihm hundertmal erklärt, dass wir keine Produktionsfirma sind und für seine Filme im Westen kein Geld aufzutreiben ist. Er sieht es auch immer ein, aber zwei Stunden später schleppt er mich doch wieder an einen seiner Drehorte – ich weiss nicht, wieviele Stunden ich die letzten Tage mit ihm unterwegs war.« Er dachte kurz nach. »Eigentlich gefällt mir sein Projekt, es behandelt so ziemlich alle Scheusslichkeiten Moskaus.«

»Moskau ist nicht scheusslich!«

»Na, Kafurin findet es ausgesprochen scheusslich. Er sieht nur noch die obdachlosen Kinder am Simferopolski Boulevard, die überfüllten Leichenhallen der Gerichtsmedizin, den Teenagerstrich am Jaroslawler Bahnhof ...«

»Dort hat er dich hingeschleppt?«

»Es ist schon so, Dunja, Moskau ist grausamer geworden.«

Sie hörte, wie er sich eine Zigarette anzündete.

»Aber ich muss sagen, es wäre einen Film wert.«

Er wartete, dass sie etwas sagte. Schliesslich hörte er sie schniefen.

»Siehst du, jetzt weine ich wieder«, sagte sie einen Augenblick später und versuchte zu lachen. »Es ist so dumm ...«

»Duschenka, Sternchen, entschuldige ...« Er zog ungeduldig an der Zigarette.

»Scheissrussland«, sagte sie schliesslich. »Schon wieder gut, erzähl mir was Schönes.«

»Etwas Schönes ...« Er konnte nur daran denken, wie

sehr er gehofft hatte, sie würde ihn mit dieser Bitte verschonen.

»Was hast du gegessen? Hast du Alla Gromowa getroffen? Warst du bei Natascha und Aleksandr? Ach, ich will doch so vieles wissen! Wie schläfst du?«

»Sag mir, wann ich schlafen soll! Gestern war ich bei Wolodja Petusewitsch zum Tee, das heisst, eigentlich zum Cognac ...«

»Ach ...!«

»Es gab Kirschwarenje ...«

»... und seine fantastischen Butterbrody!«

»Ja, und seine Butterbrody. Dann tranken wir, bis es Zeit zum Abendbrot war, danach tischte er uns Golubzy auf und Kartoffelsalat und Kwass und Wodka und – lass mich nachdenken – ja, Rassolnik, und zum Nachtisch ...«

»Keinen Kaviar?«

»Kaviar ist zu teuer geworden, sogar zu den offiziellen Empfängen setzt man uns nur noch klumpigen, klebrigen, zum Speien salzigen Kaviarersatz vor, ich komme mir schon vor wie gepökelt.«

»Was hattet ihr bei Wolodja zum Nachtisch?« Ihre Stimme zitterte vor Heimweh.

»Himbeersuppe.«

»Kenne ich nicht, das kann nicht russisch sein!«

»Malinowy sup. Estnisch. Du vergisst, dass Wolodia...«

»Ach, Ira, ich möchte bei dir sein!« rief sie und stiess in halb gespieltem Trotz den Handballen gegen die Küchentür. »Zum Teufel mit Bunin!«

»Vergiss es«, antwortete Ira, »weisst du, was ich alles unternommen habe, um Alla Gromowa die Tschechow-Papiere zu entreissen? Du bleibst in Paris und arbeitest.«

Dunja seufzte ergeben. »Wen hast du noch getroffen?«

»Sie sind fast alle auf dem Land.«

»Ach ja, was ist mit der Datscha?«

»Nichts Neues. Ich konnte den Makler nicht erreichen, wahrscheinlich sonnt er sich gerade in Jalta.«

»In Jalta, wie gemein. Na ja, wo waren wir? Beim Essen.«

»Warte«, unterbrach sie Ira, »mir fällt gerade ein, dass Metalow und Bondarjuk für deine Grüsse danken lassen. Sie wünschen dir Gesundheit und grüssen zurück, zackig stalinistisch wie immer.«

Dunja vergass zu atmen. »Wer wünscht mir Gesundheit?«

»Du hast geschrieben, ich soll sie grüssen.«

»Das hast du nicht getan!«

»Du hattest es mir aufgetragen«, sagte Ira und grinste vor sich hin.

»Das war ein Witz, Irka! Nein, das hast du nicht getan, du machst dich über mich lustig. Was hast du ihnen gesagt?«

»Nicht viel«, antwortete er. »Sie konnten sich nicht gleich an dich erinnern. Erst, als ich sagte, du seist die Dolmetscherin, die sich damals in Prag geweigert hat, ihre schleimigen Rechtfertigungen zur parteikonformen Ästhetik unter Chruschtschow zu übersetzen, den Kopfhörer gegen das Mikrofon knallte und deswegen von ihrer Pariser Agentur gefeuert wurde ...«

»Das hast du nicht getan!« Dunja wusste nicht, ob sie lachen oder toben sollte.

»Danach erinnerten sie sich sogar an das Jahr. Es war 1996, stimmt's?«

»Jaroslaw Jurijewitsch, du bist ein Schuft!« Sie verbot sich noch immer zu lachen.

»Ich dachte, es macht dir Spass.«

»Du sollst mit diesen Prostituierten gar nicht reden! Wie haben sie reagiert?«

»Säuerlich. Als sie hörten, dass man dich gefeuert hat, wurden sie freundlicher. Sagen wir, zufriedener.«

Gleich kochte Dunja wieder. »Was tun die, als wüssten sie es nicht? Dabei haben sie doch selbst bei den Organisatoren ...«

Ira fiel ihr ins Wort. »Vielleicht hatten sie es ja nur wieder vergessen, Dascha, Tigerchen, sie sind nicht mehr die Jüngsten. Reg dich ab, ja?«

»Gott, du bist ein Schuft!«

»Ja«, bestätigte Ira und sah auf die Uhr. »Und jetzt sag mir, was du trägst.«

Dunja senkte schamhaft den Blick auf den Stapel Schuhe zu ihren Füssen. »Das kann ich dir nicht sagen. Ein Kleidchen.«

»Was für ein Kleidchen?«

»Ein Nichts von einem Kleid – ein Backfischkleid, aus sehr, sehr dünner gelber Seide.«

»Und darunter? Trägst du einen Büstenhalter?«

Sie zögerte noch ausgiebiger, bevor sie fast tonlos gestand: »Ein Korsett.«

»Nein!« Ira war ehrlich überrascht.

»Doch. Ein ganz knappes, eigentlich eher ein Bustier, der Saum reicht kaum über den Nabel. Aus dünnem, weissem Leinen.«

»Du warst doch nicht wieder bei deiner nassen Schönheit in der Rue du Rivoli?« fragte er lauernd.

Sie liess ihn auf die Antwort warten. Schliesslich sagte sie: »Doch«, danach kicherte sie leise, er hörte ihren vibrierenden Atem. »Ist es schlimm, Lieber?«

»Kommt darauf an, wie das Korsett aussieht. Knöpfe oder Häkchen?«

»Es ist eines zum Schnüren, Irka«, sagte sie vorwurfsvoll.

»Vorn.«

»Hinten.«

»Und wie schaffst du das allein?«

Dunja zögerte. »Ich ... ich hatte Hilfe. Stopp, frag was anderes.«

»Dunja!« Jetzt war er ehrlich irritiert. »Na schön, anderes Thema. Was trägst du darunter?«

»Unter dem Korsett?« fragte sie geziert verständnislos und zog die Augenbrauen hoch.

»Stell dich nicht an.« Seine Ungeduld war beinahe echt, er hatte gerade festgestellt, dass das Telefonat schon eine Viertelstunde dauerte. »Was für Höschen?«

»Keine Höschen.«

»Was tust du mir an, Darjok? Ich stehe hier mitten in der Halle, mit tausend Leuten um mich herum ...«

»Du hast doch nicht etwa einen Ständer?«

»Natürlich«, antwortete er.

»Wie wunderbar!«

»Sehr wunderbar.« Er hatte gelogen, doch das Spiel bereitete ihm Spass.

»Sind schöne Frauen um dich herum?«

»Warte ... Ich kann keine sehen.«

»Du rufst vom Handy aus an, ja? Dann geh gefälligst etwas und sieh dich um«, befahl sie ungeduldig.

»Damit mir alle zwischen die Beine starren? Fällt mir nicht ein!«

»Bitte!«

»Dunja, die Telefonrechnung geht an Koka.«

»Gib ihm Geld«, sagte sie leichthin. »Und, siehst du eine tolle Blondine?«

»Nein, und ich werde auch keine suchen. Ich muss dir noch etwas sagen.«

»Später. Was trägst du?«

»Nichts Besonderes. Anzughose ...«

»Welche?«

»Die mittelgraue. Und mein weisses Hemd.«

»Unterhose?«

»Ja.«

»Welche?«

»Ich weiss es nicht.«

»Sieh nach, Pferdchen. Ich muss mir etwas vorstellen können, wenn ich heute Nacht an dich denke.«

Er sah tatsächlich nach. »Die blaue Calvin Klein. Aber nachts trage ich keine Unterhose.«

»Vielleicht denke ich ja schon vorher an dich« – sie sagte es so belehrend wie er. »Was wolltest du mir sagen?«

»Ich habe etwas gekauft, du darfst nicht böse sein.«

»Was? War es teuer?« Sie klang nicht allzu besorgt.

»Nein. Es ist ... es ist nur etwas gross.«

»Oh Gott«, rief Dunja aus. »Komm mir bitte nicht mit einem Shiguli angefahren!«

»Nein. Es ist eine Skulptur.«

»Schön, von wem?«

»Kennst du nicht. Eine junge tschechische Künstlerin, die in Moskau lebt, Vera Suk.«

»Hübsch?«

»Wunderschön – alle beide.«

»Und wo ist das Problem?«

»Sie passt eigentlich nur ins Schlafzimmer.«

»Was stellt sie dar?«

»Zwei enthauptete Monarchen. Nichts Blutiges.«

»Sondern sexy.« Sie kannte ihn.

»Ja, sexy.«

»Zwei sexy Monarchen ohne Kopf. Bring sie mit.«

»Wen?«

»Alle drei. Das Schlafzimmer ist gross genug.« Sie freute sich, dass er ihr eine Gelegenheit bot, die Leichtsinnige zu spielen. »Hast du sonst noch etwas zu beichten?«

»Nein, nur zu erzählen«, sagte er. Obwohl er der Sache selbst keine Bedeutung beimass, gab er sich Mühe, unbeschwert zu klingen. »Weisst du, wie dein Fax mich erreicht hat? Ich hatte dir tatsächlich die falsche Nummer gegeben. Erinnerst du dich an das schwedische Mädchen, Ewa ...«

»Ich weiss«, unterbrach Dunja, »sie hat es dir nachgeschickt.« Auf diesen Satz hatte sie sich seit zwei Stunden gefreut.

Ira blieb eine Weile stumm. »Woher ...«

Doch bevor er sich fassen konnte, sagte sie schon: »Warte einen Augenblick.« Er hörte, wie sie den Hörer an der Schnur baumeln liess und durch die Wohnung ging ...

»Ja?« sagte endlich eine Frauenstimme.

Ira kannte diese Stimme, hatte sie doch vor kurzem erst gehört, aber er konnte sie beim besten Willen nicht einordnen. Daher sagte er aufs Geratewohl »Hallo« und stellte, noch während er sprach, mit bitterem Humor fest, wie lächerlich sich dieses Wort in dieser Lage ausnahm.

»Ira?« Ewa klang belustigt. »Ich bin es, Ewa aus Svärdsjö. Ich hatte nicht erwartet, dass wir uns so bald wieder sprechen.«

»Was tust du plötzlich in Paris?« Sie konnte ihm seine Überrumpelung anhören, er wusste es und ärgerte sich. »Du hast mir nichts ...«

Doch Ewa unterbrach ihn bereits wieder. »Warte, Jeanne will dich sprechen.«

»Da bist du platt, was?« fragte Dunja übermütig.

»Was soll das? Was tut sie bei dir?«

»Sie kam einfach so vorbei. Sie hat Ferien. Ich mag sie. Wir haben ein paar Sprachprobleme ...«

»Das kann ich mir vorstellen. In welcher Sprache unterhaltet ihr euch?«

»Auf Englisch«, antwortete sie in gelassenem Triumph.

Sie erntete unverhohlenen Spott. »*Du* sprichst Englisch?«

»Oh, eine Spitze!« stellte sie entzückt fest, »wie herrlich, du bist eifersüchtig ... Übrigens muss man nicht immer reden, weisst du.« Nach einer Pause sagte sie leise: »Ira?«

»Ja?«

»Ich liebe dich.«

»Ja.«

»Sei kein Kindskopf.«

»Nein, bin ich nicht. Ich habe nur gerade jemandem nachgesehen.«

»Hat sie einen schönen Hintern?« fragte sie leichthin.

»Ja.« Zu seinem Ärger wollte es ihm nicht so einfach gelingen, seinen Trotz wegzustecken. »Wir machen Schluss, ja? Ich müsste schon lange wieder ...«

»Irka, bist du jetzt wirklich böse?« fiel sie ihm zärtlich ins Wort.

»Nein,« sagte Ira entwaffnet. »Nur etwas irritiert. Geht es dir gut?«

»Mir geht es glänzend.«

»Dein Brief war traurig.«

»Ich bin auch traurig. Aber es geht mir gut. Ich vermisse dich. Erzähl mir noch etwas Lustiges.«

»Dunja, wir telefonieren jetzt seit einer halben Stunde.«

»Nur noch einen Witz. Sag nicht, du hast keine Witze gehört.«

»Keine guten. Die sozialistischen waren besser.«

»Egal, erzähl schon.«

»Na schön.« Er seufzte. »Eine Frau arbeitet in einer Staubsaugerfabrik. Ab und zu schmuggelt sie ein paar Einzelteile hinaus, sie hätte auch gern einen Staubsauger. Aber was sie auch anstellt, wenn sie die Teile zuhaus zusammensetzt, sieht es nicht im entferntesten nach einem Staubsauger aus – stattdessen wird jedesmal eine Kalaschnikow daraus.« Er wartete.

»Hm«, sagte Dunja schliesslich.

»Ich hatte dich gewarnt.«

»Nein, war ganz nett«, sagte sie. »Danke.« Sie lächelte ihm entgegen, und es spielte für sie in diesem Moment keine Rolle, dass er sie nicht sah.

»Bitte«, sagte er, bereit, das Gespräch zu beenden. »Ich küsse dich.« Seine Stimme klang immer noch distanziert.

»Wohin?«

»Wohin du willst, aber nicht jetzt.«

»Heute Nacht?«

»Ja.«

»Ja«, wiederholte sie leise.

»Bis bald.« Er beherrschte seine Ungeduld. »Und lasst es euch gutgehen.«

»Liebst du mich?«

»Ja.«

»Bis bald, Irka«, sagte sie sanft.

Und noch bevor er sich verabschieden konnte, hörte er es in der Leitung knacken.

IRINA J. M. – JULY 26 – 18:44
Timoschka, ellenlang, liest sich aber wie ein Mandarinen-Soufflé (erhältlich in der Twerskaja Uliza, im Schokolademäntelchen). Die beiden sind süss, habe mich amüsiert.

Nur – was eigentlich tut Ira in Moskau?
Irina.

Sechste Nacht

Jaroslaw Jurijewitsch Grinko verbrachte den Nachmittag damit, im Namen der Agentur deutsche und holländische Filmfunktionäre durchs Moskauer Zentrum zu geleiten. In Frédérics Wortschatz hiess diese Beschäftigung »Gute Dienste zum Ruhme Frankreichs und des Christentums«, und es gelang ihm fast immer, sie Ira zuzuschieben.

Nach drei Stunden angestrengter Höflichkeit konnte Ira sich endlich guten Gewissens verabschieden; danach bummelte er noch etwas durch die Mjasnitschkaja, bevor er sich in ein Café am Chitrow Markt setzte, Unmengen Kaffee trank, um seine Kopfschmerzen zu betäuben, und die Menschen betrachtete, die den Platz überquerten. Irgendwann bat er den Kellner um ein Stück Papier.

»Duschenka«, schrieb er, »du hast ja Recht, wir sollten nicht telefonieren. Ich hatte einen ganzen Katalog von Dingen, die ich dir unbedingt erzählen wollte – und was bin ich losgeworden? Einen dummen Witz und eine lächerliche Eifersucht.

Ich bin traurig, Dunja, dieses Moskau tut mir nicht gut. Eben habe ich einer Herde Geschäftsleute die Arbatskaja gezeigt (allerdings, Quatschkopf, es waren auch Damen darunter, und die eine war sogar hübsch – sie hat nur einen fürchterlichen Defekt, der sie ganz und gar uninteressant macht: ihre Stimme ist die einer Ziege). Ich habe mich aufrichtig abgerackert, Dascha, um nicht nur das Bilderbuchmoskau der Hotelführer zu präsentieren – du weisst, wie ich mich ereifern kann, es hat mich sicher zweitausend Kalorien gekostet. Und was, denkst du, war der Lohn? Sie fragten, wo man Matrjoschkas und billigen Kaviar kaufen kann! Und diese Leute sollen den russischen Film in den Westen bringen? Горько!

Ach, Dascha, mir tut alles weh: vom Sitzen Hämorrhoiden, vom Stehen Hornhaut, dazu eine Blase an der linken Ferse. Im Flugzeug habe ich mir ausserdem eine Verspannung geholt, die nicht mehr weg will – und müde bin ich, müde! Und traurig, das stand hier schon, ich weiss. Was ich dir heute erzählt habe, wegen Boris Nikolajewitschs Projekt, wieso es mich so bewegt hat: das hat mit all dem zu tun, was ich hier zu sehen (und zu fühlen) bekomme. Wann warst du das letzte Mal hier? Letzten Herbst, glaube ich. Ich sage dir, du würdest dich schon fürchterlich verlaufen. Hier wird immer weiter restauriert und gebaut, in Riesenmassstäben, die Baustellen stapeln sich: Moskau scheint mittlerweile nur noch den Banken und Grosskonzernen zu gehören, die stecken sich die Stadt wie einen Orden an. Tatsächlich, wenn man sieht, wer hier jetzt baut, dann weiss man schon alles, was man über die Machtverhältnisse in Russland wissen muss.

(Ach übrigens, Duschok, Dummkopf, zu deinem Brief: auch die Gorki-Strasse heisst seit bald zehn Jahren wieder Twerskaja Uliza. Die Eisdiele, die dein Lieblingsplombir verkauft, habe ich nicht mehr gefunden, tut mir leid – ausserdem weisst du genau, ich bin alt, mein Magen verträgt kein Eis. Willst du mich ins Grab bringen?)

Weisst du, was aber das Allerschlimmste ist? Da donnern sie ein Einkaufszentrum fünf Stockwerke tief unter den Maneschnaja Ploschtschad, in dem man besser einkaufen soll als in Paris (deine Worte, Dunjascha), da putzen sie und polieren die Puppenhäuschen der Uliza Arbat und kleben ihre Messingschilder darüber … Aber betritt mal einen der Innenhöfe – du wirst beten, dass nicht alles im nächsten Augenblick zusammenbricht! Alles Schminke, Liebste, sündhaft teure Fassade. Verstehst du nun, warum ich aller Geschäftstüchtigkeit zum Trotz an Kafurins Projekt hänge? (Übrigens weisst du, was eines meiner deutschen Schäfchen heute Nachmittag ganz enttäuscht sagte? »Moskau ist ja genau wie Berlin, höchstens noch etwas radikaler.« Was soll man da noch sagen ...) Und damit hätten wir einen weiteren dieser unsäglichen Jaroslaw-Grinko-Exzesse hinter uns gebracht. Ich könnte (du kennst mich) noch lange lästern, aber ich bezähme mich.

Nein! Tu ich nicht! Entschuldige, Duschenka, ich habe es versucht, habe mir, wie du es mir in deinem Brief vorgemacht hast, eine Zigarette angesteckt, mich zurückgelehnt, ein Lächeln für ein paar hübsche Flittchen auf dem Weg zur Arbeit probiert (willst du mir erzählen, ich erkenne ein Moskauer Flittchen nicht auf den ersten Blick?) – etwas muss noch raus: Die Sache mit der Datscha, Duschok, gefällt mir nämlich nicht. Gefällt mir immer weniger. Wer, denkst du, bewohnt heutzutage die Datschas? Nicht die neuen Russen, mit denen man uns nicht so schnell verwechseln wird, die nisten sich in den Moskauer Vororten ein. Duschenka, es ist die gesammelte linke Intelligenz! Alle sind sie vor dem Kapitalismus aufs Land geflüchtet, frustriert und zynisch: Gaidenko, Sdrawomyslow, die Petrowa, und überlassen das liebe Moskau der Mafia, den Kaukasiern und den Touristen. Müssen wir es ihnen nachmachen? Ich weiss nicht, ob ich noch ein Moskauer bin, mein kleiner Tiger, ich merke selbst, dass mein Blick sich verändert hat, ich werde nostalgisch. Aber ich weiss: wenn ich nach Russland zurückkehre, dann will ich kämpfen, dann muss es Moskau sein, Moskau und nichts anderes. Lass uns in die Stadt ziehen, und ich habe nichts dagegen, für drei Monate aufs Land zu fahren. Aber NUR die Datscha, neun Monate als Westdissident und drei Monate vergnügtes Landleben, ich glaube, das bringe ich nicht über mich.

Böse? Traurig?

Dafür erzähle ich dir noch einen Witz. Anna, Kafurins Frau, hat ihn mir beim fünften oder sechsten Bier erzählt, während wir darauf warteten, dass Boris mich zu einem Striptease-Wettbewerb abholt. (Reine Recherche, Duschenka, und bei Gott keine vergnügliche. Anna kam übrigens mit, sie hätte, wäre sie auf die Bühne gestiegen, locker den ersten Preis gemacht. Der bestand jedoch in einem Casting bei Mosfilm und einem Monatsengagement in irgendeinem Nachtclub in Dresden, und das erste hat sie, wie du weisst, schon hinter sich, das zweite kommt zeitlich nicht in Frage, sie hat schulpflichtige Kinder. Natürlich, Duschenka, war das ein Scherz!)

Hier der Witz, einer der besseren alten, wenn du den auch nicht witzig findest, bitte mich nie mehr, dir einen zu erzählen: Chruschtschow wird zur Eröffnung des ersten sowjetischen Bordells eingeladen. Er scherzt mit den Mädchen, kneift die hübscheste ins Bäckchen und verspricht ihr: »Dir werde ich ein Empfehlungsschreiben für die Partei mitgeben.« Sagt die Kleine: »Um Himmels willen, Nikita Sergejewitsch, Mamuschka hat mir mit Müh und Not erlaubt, hierher zu kommen!«

Es folgen die vermischten Meldungen. Erstens: Ich habe deinen Vater getroffen (auf dem Empfang des Staatsinstituts für Cinematographie). Er sah gut aus, er passt immer noch in seinen Diplomatenfrack. Ich schwöre dir, wir haben uns beide sehr bemüht, nicht auf Politik zu sprechen zu kommen, verkrampft waren wir trotzdem. Er mag mich nicht, und das wird sich nicht ändern (was ich von ihm halte, hast du oft genug gehört). Er überlegt sich übrigens, im Herbst für ein paar Tage zu uns zu kommen – was heisst, zu uns: Im

Savoy absteigen wird er und uns zum Abendessen besuchen (um sich das Geld für die Hotelrechnung zu borgen). Vielleicht bin ich im Herbst aber auch in Bombay, und du isst allein mit ihm (keine Ausrede, ich schwöre: wir diskutieren gerade die Zusammenarbeit mit einer indischen Produktionsgesellschaft, darüber berichte ich dir später).

Zweitens, dafür übernehme ich keine Gewähr, Wolodja hat es erzählt: Katjenka – du weisst schon, Nataljas polnische Weiss-ich-was – Katjenka soll sich, kaum war sie zwei Wochen in Moskau, das Bein gebrochen haben. Sie hat versucht, ein Taxi anzuhalten, und sich davor geworfen, weil ein Witzbold ihr erzählt hatte, dass die Taxifahrer hier anders nicht zum Anhalten zu bewegen sind. Das Taxi hielt natürlich trotzdem nicht, zumindest nicht rechtzeitig, es war nämlich schon besetzt, Katjenka hatte es nur nicht sehen können, weil der Gast, eine dieser vierzigjährigen blondierten Händlerinnen mit Goldzähnen, sich gerade nach ihrem Hündchen bückte. Das wirklich Traurige ist aber, dass die Dame die arme Katjenka, als sie unter dem Auto lag, noch mit ihrer Tasche prügelte.

Was war noch? Etwas war doch noch! Ach ja: Zu Ewa, zu dem wöchentlichen Orgasmus, den du mir verordnet hast, und zu meiner Reaktion am Telefon – das geht in einem Aufwasch. Fangen wir mit dem Orgasmus an: Dein medizinischer Ratschlag in Ehren, mir steht augenblicklich der Sinn nach nichts als einem kühlen Bad und vierundzwanzig Stunden Bettruhe (und ich meine RUHE), ich vermeide jede zusätzliche körperliche Anstrengung.

Doch tröste dich, für meine Gesundheit ist gesorgt, ich ergoss mich trotzdem, gestern Nacht im Schlaf. Nachdem Ewa mich angerufen hatte. (So! ist das eine Revanche für deine Telefonüberraschung? Es war kein besonders schöner Traum, so viel nehme ich vorweg – und das, obwohl er auch mit dir zu tun hatte.)

Wie Ewas Nummer sich mit Frédérics Namen verbunden hat, weiss nur der Sony-Informatiker zu sagen. Seit ich diese elektronische Agenda in Gebrauch habe, passiert es mir andauernd, dass ich Nummern und Namen vertausche – und da du mir die Agenda aufgeschwatzt hast, trifft dich sowieso alle Schuld. Dass ich Ewas Nummer überhaupt in die Agenda eingespeist habe, obwohl ich seit der Bostoner Zeit keinen Kontakt zu ihr hatte, das allerdings werde ich dir erklären müssen. (Duschenka, Nörgeltante, ich weiss, ich muss gar nichts! Ich will aber.)

Vorweg: Ich habe mit Ewa nie geschlafen, das habe ich dir so erzählt und das stimmt auch, obwohl sie wollte und ich auch. Da Ewa aber Malerin und damit Künstlerin ist und also nicht ganz zurechnungsfähig, hatte sie sich in den Kopf gesetzt, mich erst malen zu müssen. NACKT malen zu müssen. Du weisst, was ich von gegenständlicher Malerei im Allgemeinen und von männlichen Akten im Besonderen halte – vor allem hatte ich aber nicht die geringste Lust, mit einem Ständer zu posieren. Immerhin schlug ich grossmütig vor, erst zu vögeln und danach zu malen.

Nun hatte Ewa sich aber in den Kopf gesetzt, dass sie mich nicht mehr malen könne, wenn wir erst gevögelt hätten (als hätten nicht alle grossen Maler ihre Modelle abwechselnd gevögelt und gemalt), und das Übelste: sie war überzeugt, dass ihre gesamte künstlerische Entwicklung davon (und nur davon) abhänge, sich an ausgerechnet meinem Körper zu schulen. Damit hatten wir die Wahl, zu vögeln und ihre Karriere zu zerstören oder nicht zu vögeln und mein Ego zu zerstören. Das Ende des Lieds: Wir vögelten nicht und malten nicht, wir zerstörten mein Ego & ihre Karriere.

Ja, ich mache es ja schon kurz: Als ich bei unserem Umzug nach Paris (viele, viele Jahre später also) beim Speichern der Nummern in den Sony unter all meinen Adresszetteln auf Ewas mittlerweile auch wieder einige Jahre alte Umzugsanzeige stiess, dachte ich, es wäre hübsch, mich, bevor mein Körper gänzlich zerfällt, eben vielleicht doch gelegentlich malen zu lassen und dich im Alter damit zu überraschen. Eine Schnapsidee, ich weiss, ich hatte mich ja auch noch nicht entschieden, nur etwas daran herum gedacht. Deshalb also war Ewa im Sony. Einen anderen Grund gibt es nicht.

Als sie mich gestern anrief, um mir meinen Irrtum mit der Nummer unter die Nase zu reiben, fand ich es zwar etwas absonderlich, dass sie sich nicht einfach an dich gewandt hatte, unsere Nummer stand ja auf deinem Fax. Aber als sie mir erklärte, sie habe dich nicht vor den Kopf stossen wollen, war ich doch sehr gerührt – woher sollte sie auch wissen, dass wir in unserer Beziehung andere Probleme als vertauschte Telefonnummern haben. Und Hand aufs Herz, Dascha, dieses bisschen Rührung war auch schon alles, was ich bei ihrem Anruf an Gefühlen empfand. Na, fast alles: Ihre Stimme über Telefon hat schon etwas ganz Besonderes, ich glaube, ich hatte mich damals auch vor allem in ihre Stimme verliebt ...

Trotz ihrer ungemein verführerischen Stimme ging ich aber, nachdem sie mir das Fax nachgeschickt hatte, ganz locker – ach, ich weiss nicht mehr was machen: in eine Vorführung der hundertsten Reedition eines Eisenstein-Films oder zu einer unverbindlichen Besprechung mit einem hornbrilligen pickligen portugiesischen Jungfilmer (wir tollen Kerle vom Film treiben ja wirklich lauter atemberaubende Dinge) – fiel irgendwann tot ins Bett und dachte an rein gar nichts mehr, nicht an dich und nicht ans Nachtgebet und schon gar nicht an die gute Ewa; nur den Wecker zu stellen vergass ich nicht.

Welch eine Überraschung daher, als ich gegen Morgen aufwachte, vornehm ausgedrückt nass im Schritt, und im Traum mit Ewa gevögelt hatte – die aber DEINEN Körper hatte (ihren kenne ich, ich beteuere es nochmals, nicht) und folglich mit deinem Körper und ihrem Kopf darauf auf mir gesessen und mich mit ihren, nein, deinen Schenkeln fürchterlich in die Lenden gedrückt und mir deine Arme um den Hals geklebt hatte. Dazu steckte noch ihre Zunge irgendwo tief in meiner Speiseröhre – und so war der Orgasmus denn auch eher von der Sorte, wie wenn ein Frosch überfahren wird und ihm der Magen hochkommt. Kannst du begreifen, dass ich erschrak und danach nicht mehr allzu gesprächig war, als ich dich anrief und plötzlich sie am Hörer hatte?

Gott, kommt mir eben ein schauerlicher Gedanke: Hast du sie womöglich über damals ausgefragt? Was, wenn sie dir bereits eine ganz andere Geschichte erzählt hat? Du wirst mir kein Wort glauben! (Gesetzt den Fall, es gelingt euch überhaupt, euch zu unterhalten, und du hast nicht bloss geblufft, du crêpesfressende anglophobe Hinterwäldlerin!)

Duschenka, weisst du, was ich gerade feststelle, wenn ich euch so auf unserem Dach sitzen sehe in kurzen Kleidern, etwas nassgeschwitzt und mit einem Gläschen deines widerlichen Suze in der Hand, dieser Reiseapotheke armenischer Engelmacherinnen? Dass sie mich doch wieder zu interessieren beginnt. Sie gefällt dir nämlich, nicht wahr, mit ihrer hellen, dünnen Haut wie Birkenrinde und diesem feinen, rötlichen Haar? Und du weisst, welche Wirkung es auf mich hat, wenn dir eine Frau gefällt! Sei ehrlich, Duschenka: Ist sie es, die dir geholfen hat, das Korsett anzuziehen? Oh, jetzt wäre ich doch gern in Paris! Was tut ihr heute Abend? Darf ich etwas wünschen, um so gut wie bei euch zu sein? Geht ins Kino, in eine dieser Sommer-Retrospektiven, seht euch »À bout de souffle« an. Und danach setzt euch ins Café de l'Opera und lasst euch ansehen. Mehr nicht, nur ansehen lassen. Alles andere ist verboten. VERBOTEN!

Was ich gleich tue, verrate ich nicht, es wäre zu ernüchternd. Aber morgen, Duschenka, werde ich ganz einfach klemmen. Ich werde mich ins Café Warschau setzen, den ganzen Tag über werde ich dort sitzen und zusehen, wie Moskau sich mit den Tageszeiten verändert, wie morgens um sechs die Obdachlosen und die Müllmänner die Strassen besetzen, danach, so gegen acht, erinnerst du dich, die Arbeiter und die japanischen Touristen, um neun die Geschäftsleute, dann die Westtouristen und die Bettler, mittags die Schulmädchen, dann wieder die Arbeiter, wieder die Geschäftsleute, und nachts die Zwanzigjährigen, die Nutten und endlich wieder die Obdachlosen ... Ich werde darüber spotten, wie sie alle ihren unverrückbaren Rhythmus haben und felsenfest der Meinung sind, sie kennten ihr Moskau – dabei, wie erstaunt wären sie, wenn sie sich nur mal um eine kleine Stunde verspäten würden! Ja, das werde ich morgen tun, nichts weiter, und danach werde ich dir wieder schreiben können, wie sehr ich Moskau liebe.

Fast so wie dich, Dunjascha.«

Ira blieb mit dem schalen und schuldbewussten Gefühl, wieder einmal für nichts die richtigen Worte gefunden zu haben, gefolgt von der (nicht neuen) Erkenntnis, dass es auch fast unmöglich war, im Umgang mit seiner Frau die richtigen Worte zu finden, noch kurz über das Papier gebeugt, dann setzte er seinen Schnörkel an den unteren Rand, steckte den Brief in die

Hemdtasche und ging der Moskwa entlang auf sein Hotel zu, um den Portier zu bitten, ihn Dunja zu faxen.

IRINA J. M. – JULY 27 – 17:54
Nicht schlecht, Tima, nicht schlecht (sagte sie im Tonfall ihrer betagten Gouvernante, die immer leicht errötet war, wenn ihre Nestlinge ein Häufchen machten): Du hast dir die richtigen Reiseführer besorgt, kaum zu glauben, dass du noch nie da warst. Aber ich muss es nochmal lesen. Nur eine Frage: Mit deinem gescheiterten Ego (pardon: mit Ewas natürlich) ist ja soweit alles klar – aber WIESO um Himmels Willen soll ihre Karriere den Bach runter gegangen sein?

Und vielleicht – ich weiss, du hast eben eine Beziehung hinter dich gebracht – wäre es dir dennoch möglich, wieder etwas sinnlicher zu schreiben? Das Ganze soll schliesslich ein Flirt sein (deine Worte) und keine Therapie. Also bitte!

Weißt du was? Ich habe mir heute Nachmittag Schwarzejohannisbeerseife gekauft. Rate, wonach sie riecht? Nach Schwarzen Johannisbeeren! Sag, was du willst, ich finde das erstaunlich.

Du merkst, ich habe Gelüste ohne Ende (wieso schreibe ich dir das?).

Ira.

Noch was: Lass die Kafurins sterben, mir reichen die Figuren, die wir haben.

IRINA J. M. – JULY 28 – 18:05
Timoscha! Ich platze vor Neugier, lass mich nicht weiter zappeln! Что я тебе сделала?

28/07/1999   18:07   ++41-1-272-48-87   S. 01
У меня пропала охота заниматься этим, tut mir leid.

Und das wird sich auch so bald nicht ändern. (Und bilde dir bloss nicht ein, ich hätte deinetwegen Russisch gelernt – habe nur abgeschrieben.)

IRINA J. M. – JULY 28 – 19:27
Timtimka!

Ich hab das Ganze nochmals gelesen, mit etwas mehr Distanz, und natürlich ist es wunderschön, nicht nur »nicht schlecht«. Die Sprache ist klar und kräftig – russisch halt, und du hast einen herrlich scharfen (ab und zu ganz schön sarkastischen) Humor.

Reicht das an Schmeicheleinheiten, oder bist du immer noch eingeschnappt?

Ich warte auf dein Fax, also sei so lieb!

Obwohl du ein Kindskopf bist, küsse ich dich, deine Ira.

Denkst du übrigens noch manchmal an unsere Nacht zurück?

28/07/1999   19:42   ++41-1-272-48-87   S. 01
Nein, nie.

Na schön, ich schreibe – obwohl ich weiss, dass du jetzt hoch erhobenen Hauptes aus deiner Wohnung spazieren und dich den bezaubernden lauen Abend lang ungehemmt und unzüchtig mit einer deiner unzählbaren Bekanntschaften vergnügen wirst, während ich einen übernächtigten, verdriesslichen, ganz und gar unsinnlichen Sommer hinter einem grauen Display verbringe.

IRINA J. M. – JULY 28 – 19:54
Armer Junge. Ich werde auch ein Glas für dich trinken.
 Irka (die eben dabei ist, sich zu schminken und aus-
gehfertig zu machen).

28/07/1999   19:54   ++41-1-272-48-87   S.   01
Ruhe! Ich arbeite und will nichts gehört haben.

Achte Nacht

Bevor Jeanne an jenem Sonntag im Café ihren Namen unter den Brief an Ira gesetzt hatte, rauchte sie eine Zigarette, spielte mit dem Kaffeeglas und beobachtete aufmerksam, wie ein sonderbares Gefühl von Freiheit in ihr aufstieg. Obwohl dieses Gefühl sich oft einstellte, wenn sie einen Brief an ihn beendet oder nach einem gemeinsamen Telefonat den Hörer aufgehängt hatte, rechnete sie doch nie damit und war immer von neuem überrascht. Und obwohl sie sich jedesmal sagte, diese Lust am Freisein sei das ganz natürliche Gefühl einer dreissigjährigen, selbständigen, ihre Selbständigkeit geniessenden Frau, hatte sie doch immer auch ein schlechtes Gewissen, dass sie nicht mehr litt, wenn sie ihre Aufmerksamkeit von ihm abwandte, und musste sich erst daran erinnern, mit welch innigen Gefühlen sie zu schreiben begonnen hatte, um sich wieder sicher zu sein, dass sie Ira liebte und sich darauf freute, ihn wiederzusehen. Dann erst erlaubte sie sich, die kindliche Anhänglichkeit, die so eng mit ihren Gefühlen für ihn verbunden war, für eine Weile abzuschütteln.

Ohne die Zigarette zur Seite zu legen, nahm sie irgendwann den Stift und unterschrieb, das geschah bereits mit der Fahrlässigkeit einer Ärztin. Sie schob den Brief, nachdem sie ihn mit einer Hand flüchtig geknickt hatte, durch die spaltbreit geöffneten Bügel ihrer Handtasche, stellte die Tasche möglichst weit weg von sich, auf einen Stuhl auf der anderen Tischseite, lehnte sich zurück und genoss die letzten Züge ihrer Zigarette. Nachdem sie sie schliesslich bedächtig und aufmerksam gelöscht hatte, bezahlte sie, streckte den Rücken durch, atmete ein letztes Mal den schon etwas abgestandenen Rest Morgenluft ein, der sich im Raum verfangen hatte, dann erhob sie sich, schob mit unbewusstem Griff die Kleidnaht zurecht, griff nach Handtasche und Zigarettenschachtel und betrat die bereits wieder erhitzte Strasse mit dem halb stolzen, halb nachlässigen Gang einer Frau, die sich – nicht ohne einen, wie ihr heute schien, etwas kindischen Kampf – daran gewöhnt hat, beachtet zu werden.

Den Abstecher nach Hause brachte sie wie eine Besorgung hinter sich. Sie legte den Brief ins Faxgerät, suchte eine Weile, bis sie Frédérics Nummer fand, dabei fluchte sie abwechselnd und trällerte Jeanne Moreaus »L'enfant que j'étais«. Gleichzeitig schlüpfte sie in ein leichteres Kleid, warf Badeanzug, Tuch und Sandalen in eine Tasche und war, während das Faxgerät noch lief, bereits wieder aus der Tür.

Noch als sie die Metro bestieg, hatte sie vor, in den Bois de Vincennes zu fahren. Dann stieg sie aber, nachdem sie den Gedanken nicht hatte abschütteln können, dass der Bois de Vincennes einer der Orte war, die auch Ira gehörten, auf halbem Weg wieder aus, setzte eine breite italienische Sonnebrille auf, strich durch die von Touristen bevölkerten Strassen und Gassen des elften Arrondissements und zeigte eine solch verträumte Gelassenheit, als spaziere sie durch einen abgelegenen Park.

Sie versuchte zu begreifen, wie man gleichzeitig fröhlich und unglücklich sein kann. Sie wusste, dass sie Ira nicht gerecht wurde, wenn sie ihm vorwarf, sie zu behandeln wie ein Kind. Es war nicht Ira, es war Russland, das sie kindlich werden liess.

Moskau war Jeannes Geburtsstadt. Ihr Vater, der spätere französische Botschafter, damals einfacher Diplomat, hatte während der Renovierungsarbeiten am Botschaftsgebäude die russische Architektin kennengelernt, die den Umbau leitete, hatte sie geschwängert, geheiratet und lieben gelernt. Als Jeanne zur Welt kam, platzte sie in eine unter zauberhaftem Moskauer Sternenhimmel veranstaltete Sommernachtsparty der dänischen Botschaft (streng genommen war sie daher auf dänischem Boden geboren und während ihrer Kindheit gehörig stolz darauf gewesen) – mit beherzter Hilfe der ebenfalls geladenen indischen Konsulsgattin und, wie ihre Mutter es ausdrückte, wenn sie sie am Morgen ihres Geburtstags weckte, sich zu ihr ins Bettchen legte und erzählte, wie vor soundsovielen Jahren ein Engelchen namens Duschenka auf die Erde geplumpst war, »unter Gulliverschritten«: drei Wochen zu früh, innert einer Viertelstunde und ziemlich blutig.

Jeanne wuchs in zwei Welten auf: getauft auf den Namen Jeanne Elise, wurde sie in eine französische Schule geschickt, mit ihrem Vater sprach sie in fast Molièreschen Phrasen, das Botschaftspersonal war angewiesen, sie westlich zu erziehen. Ihre Mutter hingegen, die Freunde ihrer Mutter, die unzähligen Onkel, Tanten, ehemaligen Liebhaber sprachen Russisch mit ihr, nannten sie Duschenka, Seelchen, und behandelten sie, je nach Verwandtschaftszweig, als kleine Zaristin, als Sozialistin oder säkulare Jüdin.

Sie war zwölf, als ihre Mutter an Blutkrebs erkrankte, mit vierzehn reiste sie nach Paris, um die École Normale Supérieure zu besuchen, aufs Abitur wieder lernte sie am Sterbebett ihrer Mutter, das in einer Petersburger Spezialklinik stand. Nach ihrem Tod fuhr sie nach Paris zurück, studierte, immer noch an der École Normale Supérieure, die ihr zur zweiten Heimat geworden war, Russisch und Französisch, zog, nachdem ihre erste längere Beziehung (mit Jean-Ives) zerbrochen war, wieder nach Moskau, schloss das Studium ab und liess sich, wieder in Paris, zur Dolmetscherin ausbilden. Danach lebte sie zwei Jahre lang aus dem Koffer – sie reiste für eine französische Übersetzeragentur von Kongress zu Kongress, in dieser Zeit zählte sie zwei platonische Liebhaber und zweiundzwanzig geschlechtliche Affären. Der Letzte in der Reihe war Ira, sie lernte ihn am Prager Filmkongress kennen, und bereits ihr erstes Zusammentreffen war symptomatisch für ihre spätere Beziehung: Tränenblind stolperte sie über seine Beine, nachdem sie sich wutentbrannt geweigert hatte, die Versuche der ex-sowjetischen Regisseure Bondarjuk und Metalow zu übersetzen, die Verbrechen des Stalinismus zu verharmlosen. Keine Stunde darauf wurde sie unter erniedrigender Missachtung ihrer bisherigen Leistungen entlassen, Ira tröstete sie mit einem Kuss auf den Scheitel (sie trug Jean Sebergs Frisur aus »À bout de souffle«, das wusste sie damals nicht), zwei Monate später heirateten sie.

Danach liessen sie sich in Moskau nieder. Die ersten Wochen lebten sie bei Iras Freunden in einer Kommunalka, danach für einige Zeit bei seinen Eltern in einem reizenden baufälligen Haus in Samoskworetschje, zu viert in einem Zimmer, bevor sie eine eigene Wohnung fanden.

Sie hatten keine glückliche Zeit. Eine Weile versuchte Jeanne – erstmals seit dem Tod ihrer Mutter –, wieder in engeren Kontakt zu ihrem Vater zu treten, der seit seiner Pensionierung, die mit der Auflösung der Sowjetunion zusammengetroffen war, eine luxuriöse, doch winzige Zweizimmerwohnung im Nobelviertel Krylatskoje bewohnte, sich ein Zubrot als Berater für Westbeziehungen verdiente und eine schweigsame und verzweifelte Beziehung zu einer vierzigjährigen arbeitslosen Zahnärztin unterhielt, neben der Jeanne, wie sie schliesslich erkannte, keinen Platz mehr hatte.

Ira konnte mehrere belanglose Drei-Minuten-Beiträge für das russische Fernsehen drehen, Jeanne lektorierte einige Wochen lang die russische Übersetzung eines Romans von Marguerite Duras, den Rest der Zeit waren sie aber arbeitslos und stritten viel. Dazu kam, dass sie in einem Plattenbau in Jugo-Sapadnoje lebten, dieses Moskau kannte Jeanne nicht. Sobald sie aus der Haustür trat, war sie gezwungen, sich von Ira beschützen zu lassen, und sie hasste es, auf diese grobschlächtige Art von ihm abhängig zu sein.

Nach einem halben Jahr erhielten beide fast gleichzeitig Angebote aus Paris: Jeanne sollte für eine Klassikerreihe die russischen Nobelpreisträger übersetzen, Ira wurde angefragt, gemeinsam mit Frédéric (der als Filmkritiker für Le Temps arbeitete) die Leitung der »Französischen Agentur für osteuropäischen und asiatischen Film« zu übernehmen. Sie betrachteten die Angebote als Geschenke des Himmels und reisten keine zwei Wochen später ab.

Jeanne war in Paris erwachsen geworden, sie liebte die Stadt nicht, wie sie Moskau liebte, aber sie fühlte sich hier zuhause und genoss den Pariser Alltag. Sie hatte sich seit langem darauf gefreut, Ira ihr Paris näher zu bringen, doch es kam nicht dazu. Er bewegte sich von Anfang an nicht anders, als er es in Moskau getan hatte. Mit seinem organisatorischen Geschick, langjähriger Übung in Improvisation und der ihm eigenen, ausgeprägt analytischen Sehweise hatte er die Gesetze der Stadt nach wenigen Tagen begriffen und ging daran, Paris systematisch zu erobern. So hatten sie kaum zehn Tage in einer Kleinfamilienwohnung eines freundlichen Wohnblocks in Ménilmontant verbracht, die ein ehemaliger Freund von Jeannes Vater ihnen vermittelt hatte, da verschwand Ira zu einem Gelage mit einem ausnehmend reichen weissrussischen Fernsehproduzenten; als er nach drei Tagen wieder auftauchte, war er stolzer Mieter einer entzückenden und nicht nur für Pariser Verhältnisse günstigen Dachwohnung in Paris St-Germain.

Nach diesem Triumph vergingen keine zwei Monate, da begann Ira, Jeanne Paris zu erklären. Wieder stritten sie. Doch dies waren nicht ihre einzigen Schwierigkeiten. Jeanne war Französin, die Entwicklungen, die sie als Frau durchmachte, erlebte sie als Französin. Die Jahre nach ihrem gemeinsamen Umzug nach Paris, ihr Leben zwischen achtundzwanzig und dreissig, waren eine Phase, in der sie es ausgesprochen genoss, eine Frau zu sein. Sie lernte ihren Körper neu zu sehen, auf seine Launen und Zyklen zu achten und sie zu lieben. Sie genoss es, ihre Glieder zu bewegen, sie fühlten sich anders an als früher, sie lernte – mochte Ira spotten, soviel er wollte –, sich bewusst zu spüren. Sie genoss die Ruhe, die sie allmählich gewann, das Gefühl, geerdet zu sein; sie genoss die Freiheit, nachdenklich zu sein, das Leben zu planen, sich frei zu fühlen, ihre Zukunft zu gestalten. Mit einem Wort, sie fühlte, wie sie erwachsen wurde.

Immer wieder jedoch, noch bevor sie sich bewusst wurde, dass sie wieder einen Schritt in ihrer Entwicklung getan hatte, geriet sie unverhofft in Panik, fürchtete ihre russische Seite zu verlieren und begann blind, alles Russische zu vergöttern, sie verabscheute Frankreich und klammerte sich in kindlicher Verzweiflung an Ira.

Diese Phase (Ira nannte sie die Babuschka-Periode) dauerte meist einen oder zwei Monate, dann entdeckte Jeanne wieder die Schönheit des Reifens, gab sich ihrem Gefühl hin, eine Frau zu sein, und fand, Ira stehe ihr im Weg: Er konnte sie unmöglich verstehen, als Mann, als Russe, als Partner dieses russischen Backfisches Dunja (und oft hasste sie ihn dafür, dass er imstande war, einen solchen Backfisch zu lieben). Dann stritten sie, und Jeanne warf ihm vor, dass er sie daran hinderte, die selbstbewusste, selbständige, das Leben liebende Pariserin zu sein, die sie so gern sein wollte.

Hier begannen jeweils die Gespräche. Endlos analysierten sie ihre Beziehung und suchten nach Auswegen, immer wieder hielt Ira Jeanne vor, ihm ihre französische, ihre erwachsene Seite vorzuenthalten. Sie wusste darauf nichts zu erwidern, er hatte Recht. Wie sehr sie sich auch einredete, ihr Leben als Frau mit ihm zu teilen, alles Wesentliche verweigerte sie ihm.

Um diese Tatsache – die ein Grund gewesen wäre, sich zu trennen – zu verbergen, sowohl vor ihm als auch vor sich selbst, begann sie, ihm weibliche Attribute vorzuspielen (so hatte sie, um sich wenigstens ein bisschen interessanter zu machen, den Flirt mit dem Journalisten im Café erfunden; das ballspielende Kind und seine Mutter waren neben ihr die einzigen Gäste gewesen).

Sie lockte ihn mit Geschichten, die sie für die Geschichten einer erwachsenen, geschlechtsbetonten Frau hielt, sie liebte es (manchmal liebte sie es auch nicht, sondern tat es einfach), ihm unter die Nase zu reiben, wie begehrenswert sie für andere Männer war. Sie spielte mit ihm in hundert sexuellen Andeutungen, die ihm beweisen sollten, dass sie einen Mann als Mann begehren konnte, dass sie mit einem Mann ihre Sexualität teilen konnte, nicht nur ihre Einsamkeit. Es machte ihr Spass, solche Spiele zu spielen, die sie in diesen Momenten durchaus für die Spiele einer erwachsenen Frau hielt, und sie verstand nicht, wenn er zögerte, darauf einzugehen. Wie infantil sie in ihrem Drang, die Erwachsene zu mimen, auf ihn wirkte, begriff sie jeweils erst, wenn er in einem ihrer verzweifelten, grausamen Streite bittere Witze darüber riss oder ihr vorwarf, selbst ihre Sexualität noch mit dem schalkhaften Trotz eines Kindes auszuleben.

Ira vermisste etwas anderes. Er sah, wie sie sich bewegte, wenn sie mit Alexandra oder mit Jean-Ives zusammen war, wie alles Kindliche verschwand und wie entspannt und selbstsicher sie plötzlich war, eine normale, reife, in ihrer Reife attraktive junge Frau. Ihn behandelte sie in solchen Momenten wie einen Fremden, sie fand keine passende Form im Umgang mit ihm, und hartnäckig sprach sie mit ihm selbst unter Freunden, mit denen sie beide Französisch sprachen, stets russisch (ihr bei aller Wortgewandtheit immer etwas teenagerhaft klingendes Russisch). Wenn Ira sich deshalb ausgegrenzt fühlte und sich verschloss, warf sie ihm vor, ihre Freunde zu meiden – dabei gab sie ihm, wenn sie darüber nachdachte, durchaus Recht, sie wollte diese Seite ihres Lebens nicht mit ihm teilen. Pflichtbewusst schuf sie dennoch immer wieder Gelegenheiten, ihn einzubeziehen, die regelmässig im Desaster endeten.

Erst als sie die Frau im Wäschegeschäft sah, in einem Moment, da sie sich ganz und gar als Französin fühlte, hatte sie zum ersten Mal eine Ahnung, dass es noch anders werden könnte. Zum ersten Mal dachte sie, wenn sie in ihrer erwachsenen Weiblichkeit Lust empfand, anders an Ira als mit Schuldgefühlen. Sie dachte an ihn als Mann und fühlte sich ihm verbunden, in einer Weise verbunden, die sie nicht kannte und nicht begriff, die sie aber so sehr erregte, dass sie befürchtete, jene unbekannte Frau mit ihrer Erregung abzuschrecken. Als sie die Flucht ergriff, tat sie es nicht im Schreck über die Sexualität der Fremden, sondern aus der blossen Ratlosigkeit heraus, was sie mit der eigenen Erregtheit anfangen sollte.

Später verloren sich die Zweifel, sie fühlte nur noch eine unbändige Vorfreude darauf, ihre Erregung mit Ira zu teilen. In der folgenden Nacht schlief sie kaum, sie dachte sich in immer neuen Varianten aus, wie sie ihm von ihrer Begegnung erzählen würde, und war auf vollkommen unkomplizierte Weise glücklich.

Am Morgen machte sie sich schön, sie war aufgeregt und musste sich zur Sorgfalt zwingen, sie ging aus dem Haus und setzte sich ins Café – nicht in irgendeines, sondern in eben jenes eine besondere, etwas düstere und an sich völlig unscheinbare Café in einer Seitenstrasse der Rue Mouffetard, in dem sie sich während ihrer letzten glücklicheren Phase im Frühling einige Male verabredet hatten. Erst als sie das Papier vor sich ausgebreitet und glattgestrichen hatte, den Lieblingsstift zwischen den Fingern drehte und nach einem möglichen Anfang suchte, stieg plötzlich eine Verzweiflung in ihr auf, wie sie sie erst einmal gefühlt hatte: als sie ihrem Vater hatte schreiben wollen, sie habe Ira geheiratet. Es gelang ihr nicht, die richtige Sprache zu finden, all die Sätze, die sie sich nachts eingeprägt hatte, klangen hohl und dumm und passten nicht zu dem Stil, in dem sie gewohnt war an Ira zu schreiben.

Sie zwang sich, es trotzdem zu tun, doch nur noch aus ihrem gewohnten Pflichtgefühl heraus, und als sie die letzten Zeilen zu Papier gebracht hatte, hatte sie sich nicht nur damit abgefunden, dass es ihr nie gelingen würde, ihr Leben an Iras Seite zu leben, sondern sie begann bereits wieder, ihre Unabhängigkeit zu geniessen, und dachte an Ira als ein lieb gewordenes, aber beschwerliches Hindernis, das sie zurückhielt, während sie versuchte, ihren Weg zu gehen.

So schien es ihr nur natürlich, dass sie ihre Gefühle der letzten Nacht als einen weiteren kindlichen und letztlich unsinnigen Versuch betrachtete, diesen ihren (und allein ihren) Weg mit ihrer Anhänglichkeit zu Ira in Übereinstimmung zu bringen. Eine Weile überlegte sie, ob sie den Brief zerreissen solle, und wenn sie ihn schliesslich doch abschickte, so vorwiegend aus Bequemlichkeit, aus der Lustlosigkeit heraus, sich einen zweiten abzuringen. Stattdessen beschloss sie, das Leben leicht zu nehmen. Sie hatte Ira geschrieben, sie wolle schwimmen fahren – sie hatte nicht ernsthaft daran gedacht, es war eines ihrer Spiele gewesen. Sie betrachtete es daher als Fortschritt, als sie in einem Anflug von Ausgelassenheit beschloss, den Sonntag nun eben erst recht in der Badeanstalt zu verbringen, ohne Gedanken an Ira, allein aus dem vergnügten Begehren heraus, sich den Blicken der Männer auszusetzen.

Sie fühlte wie all die Tage zuvor eine unbändige Lust an ihrem Körper, an ihrem Fleisch, dabei hatte sie kein Verlangen, befriedigt zu werden, dazu genoss sie ihre ungestillte Lust zu sehr. Seit ihr Blick sich mit jenem der Frau im Wäschegeschäft gekreuzt hatte, ahnte sie, wie sehr auch ihr das Begehren anzusehen war, und sie kostete es aus. Ihr Begehren wollte sie zur Schau stellen, damit es sich mit dem Begehren anderer kreuzte.

Erst als sie von der Sonne zur Metro hinabstieg, am schwach erleuchteten, aufdringlich kühlen Gleis auf die Bahn wartete und danach in einem halbleeren Wagen, an die Haltestange gelehnt, umgeben von alten Menschen und einer Gruppe indischer Touristen, Richtung Bois de Vincennes fuhr, stellte sie fest, dass sie dabei war, sich von Ira zu trennen. Sie war überrascht, wie leicht, fast nebensächlich ihr diese Erkenntnis kam. Im selben Augenblick stieg aber auch Schwermut in ihr auf, sie fühlte all die Zärtlichkeit, die sie an Ira band, und als sie an der nächsten Station ausstieg, war sie keinem Entschluss gefolgt, nur dem Wunsch, allein zu sein, nachzudenken und ihre Schwermut russisch lustvoll zu geniessen.

IRINA J. M. – JULY 29 – 18:27
Du spielst mit mir, du Hundsfott. Schön, ich gebe zu, der Beziehungsknatsch interessiert mich allmählich ... (dann halt keine Erotik, seufz!)

Also bitte, lass Dunja schwermütig sein. Aber schwermütig für russische Verhältnisse – und ich verwette meine Slawenseele, das wird dir nicht gelingen!

Irka.

Neunte Nacht

Nachdem sie einige Stunden versunken und nachdenklich durch das elfte Arrondissement spaziert war, ohne ihrem Weg Beachtung zu schenken, beschloss Jeanne irgendwann ohne weiteren Anlass, dass es zum Denken zu heiss geworden war, sie kaufte sich ein Eis, nahm die Sonnenbrille ab, lächelte wahllos die Menschen an und fühlte sich einfach nur wunderbar. Einigen Touristen, deren Blick etwas Suchendes zu haben schien, bot sie ihre Hilfe an, ohne darum gebeten worden zu sein, allein um einen Grund zu haben, sich menschenfreundlich und liebenswert zu finden. Und nachdem sie beschlossen hatte, noch etwas für ihre Schönheit zu tun, legte sie sich ins Gras der Place des Vosges und schob ihr Kleid bis über die Schenkel hoch, schloss die Augen und legte das Gesicht in die Sonne.

Als sie verschwitzt und steif wieder erwachte, war es kurz nach sieben. Sie sah mit Entsetzen, wie tief die Grashalme sich ihr in die Haut eingeprägt hatten, setzte in komischer Verzweiflung die Sonnenbrille wieder auf und rannte zur Metrostation. Unterwegs hielt sie bei einer Telefonzelle, um Alexandra mitzuteilen, dass sie noch zu Hause duschen wolle, Alexandra liess sie jedoch gar nicht erst zu Wort kommen, sondern sagte in gewohnt barschem Ton: »Beeil dich! Um zehn bringt François die Kleine wieder, und ich will noch etwas von dir haben!« und hängte ein.

Die schamlosen Blicke der Menschen ertrug sie, indem sie sich vorstellte, ihre erbärmliche Verfassung rühre von einem unersättlichen Liebhaber her. Und plötzlich gefiel es ihr, zerknautscht und gezeichnet zu sein – die Treppen der Metrostation rannte sie übermütig hinauf, und während sie mit langen, unternehmungslustigen Schritten den Boulevard Grenelle hinab ging, fühlte sie genüsslich die ganze schwere Lust des Sommers.

Sie umarmte Alexandra zur Begrüssung, küsste sie und würdigte wie so oft ihr duftendes, wirr lockiges Haar, dann fragte sie, ob sie schnell duschen könne. Alexandra sagte: »Bedien dich«, und verschwand in der Küche. Jeanne ging ins Bad und stellte irritiert fest, dass ihr Körper bis in die Zehenspitzen erotisiert war. Sie zog sich bei offener Tür aus, dabei redete sie ununterbrochen, sie spielte damit, Alexandra aus der Küche zu locken. Nie würde es ihr einfallen, Alexandra zu begehren, doch sie spürte eine unbändige Lust, sich nackt zu zeigen. Während sie hinter dem nur andeutungsweise zugezogenen Vorhang duschte, stellte sie sich vor, wie Alexandra ins Bad trat, sie ansah, ihre Haut berührte. Und während sie ihre Fantasie spielen liess, redete sie weiter auf Alexandra ein, strich sich dabei über die Brüste und genoss den Widerstand der prallen, fast unbegrenzt erregbaren Brustwarzen, stellte den Fuss auf den Wannenrand und wusch ihren Körper, die leicht geöffnete, vom Wasser nur oberflächlich gekühlte Scham der Tür zugewandt, belustigt und gleichzeitig erregt wie verängstigt. Sie wusste, wenn Alexandra das Bad beträte, würde sie ihrem Blick nicht standhalten können, sie würde sich abwenden und überrascht tun und bis in den Nacken erröten. Doch Alexandra rief nur: »Quatsch nicht, dein Drink wird warm«, wusch fluchend den sandigen Salat und sah keine Veranlassung, auf Jeannes Geplapper einzugehen.

Es dauerte lange, bis Jeanne einsah, dass sie unter der Dusche das Spiel nicht weitertreiben konnte, und aus der Wanne stieg. Eine Minute später lehnte sie im Türrahmen, die Hüfte in ein Tuch gehüllt, die noch nassen Arme vor den blossen Brüsten verschränkt, mit wirrem, flüchtig abgeriebenem Haar, atemlos vor Kälte und Aufregung. Sie hatte einige endlos lange Sekunden gezögert, bevor sie es in ihrer Erregung wagte, Alexandra unbekleidet gegenüberzutreten – noch im letzten Augenblick, aus Furcht, Alexandra ihre unter der dünnen, flachen Behaarung kaum verborgenen, nach wie vor schneckenhaft geöffneten Schamlippen zu zeigen, hatte sie sich ein Tuch umgeschlungen.

Alexandra trocknete die Hände in einem Geschirrtuch, das sie über die Schulter geworfen hatte, nahm die beiden Gläser, dann erst sah sie Jeanne an. Sie reichte ihr ein Glas, sah lächelnd zu, wie Jeanne zögernd die eine Hand von der Brust löste, stiess leicht ihr Glas gegen Jeannes und sagte profan: »Es gibt heute nur Salat, zum Kochen ist es zu heiss. Du kannst die Tomaten schneiden.« Trotzdem blieb sie noch einen Augenblick stehen, ohne Erwartung, dabei alles andere als gleichgültig, Jeanne hätte sie zu allem verlocken können können – wäre sie nicht, noch während sie in die Küchentür getreten war, unsicher geworden, ob es ihr überhaupt Vergnügen bereiten würde, von ihrer ältesten Freundin begehrt zu werden.

Daher ging sie erst einmal ins Bad zurück, schlüpfte in ihren Slip, griff sich ein T-Shirt aus Alexandras Schrank (in ihrem Kleid kam sie sich doch zu angezogen vor), danach bereiteten sie gemeinsam das Abendessen. Sie unterhielten sich gelöst und sparsam, machten kleine, spröde Witze – sie blieben vorsichtig in ihrer Wortwahl und vermieden es sorgfältig, in ihren üblichen Tonfall zu verfallen.

Während sie den Salat zubereiteten, fanden sie immer wieder Grund, einander beiläufig zu berühren. Alexandra strich Jeanne, die sich leicht verzagt abmühte, der Salatsauce noch etwas wie Charakter einzuhauchen, mit dem kleinen Finger (dem einzig sauberen) eine Haarsträhne aus dem Gesicht; etwas später, als sie gleichzeitig den Wasserhahn aufdrehen wollten, legte Jeanne ihr Gesicht in Alexandras Nacken und schlang ihr, um die Hände abzuspülen, die Arme um die Hüften. Mehr geschah nicht, sie verrieten auch nicht, was ihnen diese flüchtigen Berührungen bedeuteten.

Beim Essen sassen sie einander gegenüber, die Berührungen wichen Blicken, und unausweichlich wurde die Stimmung wieder vertrauter. Jeanne begann mit Vorsicht von der Frau im Wäschegeschäft zu erzählen, nach den ersten Sätzen bemerkte sie jedoch, dass sie Gefahr lief, dem Abend etwas unpassend Existenzielles zu geben. Sie bog das Gespräch ab und sprach mit sehnsuchtsvollem Lachen über ihre unerfüllte Liebe zu Korsagen.

»Oh«, sagte Alexandra und erinnerte sich an ein bezauberndes Korsett ihrer Grossmutter, das sie sich vor einigen Jahren umgeschneidert hatte. Seit Aimées Geburt konnte sie es aber nicht mehr tragen, und lagerte es seither auf dem Dachboden. »Ich wollte es für die Kleine aufbewahren, aber bis die Brüste hat, dauert es noch eine Weile. Es müsste dir perfekt passen, du kannst es haben«, sagte sie, angetan von ihrem Einfall, »ich muss es nur erst hervorkramen.« Und gleich wieder sarkastisch fügte sie hinzu: »Wenn du irgendwann einen Bauch und Hängebrüste hast wie ich, kannst du es mir zurückgeben.«

»Zeig deinen Bauch«, sagte Jeanne vorwurfsvoll. Sie wusste, dass Alexandra nicht fett war, und Alexandra wusste es auch und zeigte ihren Bauch. Und plötzlich, völlig unvermittelt, spürte Jeanne wieder die ganze Erregtheit ihres Körpers, so unverhohlen, dass sie nach Luft ringen musste – und als sie nach einem Moment, in dem sie beide schweigend weitergegessen hatten, endlich wagte, Alexandras Brüste sehen zu wollen, bemerkte sie noch während ihrer Aufforderung, dass der

Zeitpunkt, in dem sie hätte unverfänglich klingen können, verpasst war. Tatsächlich veränderte sich Alexandras Blick, das Spielerische, leicht Spöttische verschwand, sie sah Jeanne prüfend und etwas überrascht in die Augen und sagte: »Nicht jetzt.« Und als müsse sie etwas erklären, fügte sie einen Augenblick später hinzu: »François kommt jeden Moment mit der Kleinen.«

Als Alexandras Ex das halb schlafende Kind in die Wohnung trug, lehnten sie rauchend am Küchentisch (Jeanne hatte wieder ihr Kleid an, sie warteten schweigend darauf, dass der Espresso aufstieg). Sein erster Handgriff, als er mit »der Kleinen« auf den Armen die Küche betrat, war, dass er das Neon-Licht ausschaltete, doch Aimée hatte Jeanne bereits entdeckt, entwand sich seiner Umarmung, kletterte an ihr hoch und wollte geküsst werden.

Jeanne setzte sie auf ihren Schoss, sie liess sich umklammern und genoss die Hitze ihrer beiden Körper, bewunderte Aimées Haar und berührte es mit ihren Lippen. Danach beharrte Aimée darauf, in Jeannes Haar zu fassen und es auch zu küssen, und natürlich weigerte sie sich standhaft, ins Bett zu gehen. Nach einer längeren Diskussion zwischen Aimée und Alexandra einigten sie sich darauf, dass Jeanne heute die Mama spiele. Jeanne begleitete Aimée ins Bad, wusch ihr das Gesicht, half beim Zähneputzen, danach ab ins Kinderzimmer, wo sie sie auszog (nach Aimées strengen Regeln, was die Reihenfolge der Kleider betraf), dann trug sie sie nochmals ins Wohnzimmer, wo François und Alexandra über die Terminplaner gebeugt sassen und ihre Tochter über die nächste Woche verteilten. Aimée küsste ihre Eltern und sagte gute Nacht, wie Jeanne es befahl. Dann liess sie sich zurück in ihr Zimmer tragen, Jeanne legte sie ins Bett, legte sich dazu, umfasste die nackten Schultern des Kindes, nannte sie Duschenka, Seelchen, und improvisierte eine russische Einschlafgeschichte.

Nachdem Aimée eingeschlafen war, blieb Jeanne liegen, die Füsse unbequem auf den Fussboden gewinkelt. Sie betrachtete die Decke, die grün wie eine Grotte erleuchtet war, und versuchte sich vorzustellen, wie ihr an das Kind geschmiegter, umklammerter Körper sich anfühlen würde, wäre sie Aimées Mutter. Sie war sich nicht sicher, ob es Glück sei, was sie empfand, neben dem hastig atmenden Kind liegend, fühlend, wie die zuckenden Hände sich in ihren Oberarm krallten, doch nachdem sie eine Träne im Augenwinkel gespürt hatte, beschloss sie, zu den anderen zu gehen und eine Zigarette zu rauchen.

Als sie sich eben aus Aimées Umarmung befreit hatte, erschien François, um sich flüsternd zu verabschieden. Jeanne hatte keine Lust, nochmals mit Alexandra allein zu sein, und bat ihn, sie mitzunehmen, die Zigarette rauchte sie auf dem Weg zum Wagen.

Die Fahrt war kurz, sie sprachen das Übliche, in der immer gleichen Beteuerung endend, doch endlich wieder einen Abend zu viert zu verbringen. Jeanne verabschiedete sich etwas ungeduldig, danach rannte sie auf Zehenspitzen die Treppen zu ihrer Wohnung hinauf, schloss die Tür auf und streifte, ohne das Licht einzuschalten, die Kleider ab. Nackt ging sie in die Küche, um sich einen Ricard zu mixen, zündete eine Zigarette an, trug einen Stuhl ins Schlafzimmer und setzte sich vor das offene Fenster. Sie liess sich Zeit, spürte der kühlen Luft nach, die ihr in leichten Stössen über die Haut strich, rauchte in tiefen Zügen, Zigarette und Glas in derselben Hand. Mit der anderen fuhr sie die Berührungen des Windes auf ihrem Körper nach, dachte an nichts und wartete auf den Orgasmus, der kurz war und so heftig, dass sie erstaunt ihre Finger im dunstig orangenfarbenen Licht des Grossstadthimmels betrachtete, als erwarte sie, die eines Fremden zu sehen.

IRINA J. M. – JULY 30 – 16:59
Tatsächlich, Timok, du spielst mit mir!!

Wie war das mit den Regeln? Du tust nur noch das Gegenteil von dem, was ich dir sage!

Trotzdem, das war ein sexy Kapitel, danke. Mach gern da weiter, aber – und das ist ein Befehl, missachtest du ihn, breche ich das Spiel ab: lass sie Freundinnen bleiben, mehr nicht!

Ir.

P.S. Aimée ist süss, bloss denk nicht, ich wüsste nicht, dass du sie nur erfunden hast, um mich sanft zu stimmen.

Zehnte Nacht

Als Jeanne am anderen Morgen die Reste einer ausgetrockneten Flûte in den Frühstückskaffee tauchte und ihr Spiel mit Alexandra überdachte, war sie froh, dass François eine weitere Entwicklung verhindert hatte.

Die nächsten Tage arbeitete sie viel. Zufrieden stellte sie fest, dass sie wieder funktionierte, sie führte ein geregeltes, bescheidenes Leben und fühlte sich wohl darin, und bevor sie in die Stadt ging, kühlte sie sich mit einer kalten Dusche ab – es drängte sie nicht mehr, ihre Lust (die sie nach wie vor nicht losliess, die sie jetzt aber selbstverständlicher nahm) unter die Leute zu tragen.

Gegen Ende der Woche sass sie eines späten Morgens inmitten ihrer Bücher auf den Treppenstufen, die zum Dach führten (sie hatte, als es ihr draussen zu heiss wurde, in die Küche umziehen wollen, doch dann plagten sie Zweifel an einer eben übersetzten Passage, sie wollte ein Wort nachschlagen und fand sich plötzlich tief in der Arbeit wieder), als Alexandra anrief.

»Ich kann in zehn Minuten bei dir sein, hast du Zeit?«, sagte sie, sie klang geschäftstüchtig und oberflächlich wie immer, wenn sie vom Büro aus anrief. Eine Viertelstunde später stand sie strahlend und funkensprühend im Flur, warf die Tür hinter sich ins Schloss und sagte: »Zieh dich aus.«

»Ganz?« fragte Jeanne überrumpelt und hoffte auf ein Missverständnis.

»Natürlich ganz.« Alexandra schob sie übermütig ins Wohnzimmer. Sie warf ein reizendes, äusserst knappes Korsett auf den Tisch, dann sah sie zu, wie Jeanne das Kleid am Rücken öffnete und es über die Beine zu Boden gleiten liess. »Viel hast du sowieso nicht an.« Jeanne hatte unter dem Kleid nichts weiter getragen als weisse Socken aus Frottee.

»Die Fliesen auf dem Dach sind zu heiss, um barfuss darauf zu gehen«, erklärte sie etwas trotzig und zog auch die Socken aus. »Und jetzt?«

Alexandra drehte sie vor den Spiegel. »Jetzt ziehen wir dich wieder an.« Sie umfasste Jeannes Haar, legte es über die Schulter nach vorn, drückte ihr beiläufig einen Kuss in den Nacken, dann liess sie Jeanne in das lose geknüpfte Korsett steigen und zog es ihr über die Hüften empor. Jeanne wollte sich die Brüste zurechtschieben, doch Alexandra umfasste ihre Handgelenke und sagte bestimmt: »Finger weg, wozu hast du eine Zofe!«

Sie zog das Korsett noch etwas höher, dann fasste sie entschieden Jeannes Brüste, legte sie sorgfältig und sachlich in die Körbchen und begann, das Korsett festzuschnüren. »Das Dumme ist«, sagte sie etwas schadenfreudig, »dass du es nicht allein anziehen kannst. Ausziehen noch viel weniger.«

Jeanne betrachtete ihr Spiegelbild, während sie dankbar feststellte, dass Alexandra die Schnüre gefühlvoller zuzog, als sie es ihr zugetraut hatte. »Das sieht verdammt sexy aus«, bemerkte sie schliesslich erstaunt, während sie ihre mädchenhafte Scham betrachtete, die verletzlich und entblösst eine Handlänge unter dem strengen Leinen lag. »Und verdammt obszön.«

Alexandra beugte sich über ihre Schulter und warf einen flüchtigen Blick in den Spiegel. »Warte ab, bis du rasiert bist«, sagte sie. »Hast du einen Nassrasierer?« Ihre Stimme klang nun doch etwas unruhig.

Jeanne wagte nicht sich umzudrehen. »Rasiert – ich glaube, dazu brauche ich erst einen Whisky und eine Zigarette.«

»Gute Idee«, sagte Alexandra, bereits wieder nichts

weiter als fröhlich, und trat einen Schritt zurück. »Ich nehme auch einen.«

»Wann fahrt ihr ans Meer?« fragte Jeanne in möglichst alltäglichem Ton, während sie in die Küche ging.

»Morgen«, antwortete Alexandra (Jeanne konnte sich nicht entscheiden, ob ihre Stimme enttäuscht oder nur ruhig klang). »Du weisst, du bist herzlich eingeladen. Aimée würde sich riesig freuen.«

Jeanne antwortete nicht. »Ich setze noch schnell Kaffee auf«, rief sie stattdessen, etwas lauter als notwendig, »Whisky allein haut mich um.«

Gleich darauf kam Alexandra aus dem Wohnzimmer, blieb im Flur stehen und musterte sie offen und nachdenklich. »Du machst nicht womöglich auf Hinhaltetaktik?« fragte sie schliesslich, eher besorgt als vorwurfsvoll. »Du wolltest etwas von mir, nicht ich von dir.«

Jeanne sah ihr in die Augen, dann lächelte sie. »Aber jetzt willst du etwas von mir.«

Alexandras Augen bewegten sich, sie dachte nach. Jeanne versuchte zu erahnen, welchen Ausdruck sie annehmen würden, da klingelte es an der Tür.

»Erwartest du jemanden?« fragte Alexandra.

»Nein.« Jeanne zögerte. »Ja, ich erwarte Post aus Russland. Alla Gromowa wollte mir Papiere für meine Arbeit schicken.«

Es klingelte nochmals. Jeanne rannte ins Wohnzimmer, hob das Kleid auf und zog sich hinter angelehnter Tür an. »Machst du auf?« bat sie und war eben dabei, das Haar zusammenzubinden, als Alexandra wieder ins Zimmer kam.

»Ewa«, sagte sie mit hochgezogenen Brauen.

»Wer?«

»Ewa. Sie spricht Russisch, ich rate mal: mit baltischem Akzent.«

Jeanne war so irritiert, dass sie mechanisch ihren alltäglichen Tonfall beibehielt. »Sie ist Schwedin, eine Freundin von Ira«, korrigierte sie und warf an Alexandra vorbei einen Blick in den leeren Flur. »Wo hast du sie denn?«

»In der Küche. Ich habe sie nicht dorthin gebeten, sie ging von selber rein.«

Jeanne lachte auf, als ihr einfiel, dass dort die gefüllten Whiskygläser standen. Sie fand die ganze Situation plötzlich ungeheuer komisch.

»Soll ich bleiben oder gehen?« fragte Alexandra sachlich, ohne Jeannes Lachen zu beachten.

»Sieht sie glücklich aus?«

»Eher nicht.«

»Dann geh mal besser«, sagte Jeanne mit gespieltem Seufzer und verliess das Wohnzimmer.

»Ich komme heute Abend und helfe, dich auszuziehen«, kündigte Alexandra freundschaftlich an, während sie ihre Tasche nahm. Sie liess Jeanne keine Zeit zu antworten, ging an ihr vorbei, riss in ihrer gewohnten Art die Tür auf und rannte polternd die Treppe hinunter. Jeanne wartete, bis sie unten die Haustür krachen hörte, dann schloss sie die Wohnungstür und lehnte sich kurz dagegen, um durchzuatmen.

Ewa stand am Fenster. Sie hielt ein Glas Wasser in der Hand, ihre Reisetasche stand auf dem Tisch, die Whiskygläser hatte sie zur Seite geschoben. Als sie Jeanne eintreten sah, fragte sie als erstes, ob sie rauchen dürfe. Dann stellte sie sich vor.

Den Nachmittag über sassen sie einander gegenüber an einem Gartentischlein auf dem Dach, Iras Ehefrau und seine Studentenliebe, tranken Pfefferminzsirup, rauchten viel, warfen die noch brennenden Stummel in die Regenrinne (nie zuvor hatte Jeanne das getan, jetzt gefiel es ihr, und Ewa tat es ihr, bemüht um Einmütigkeit, nach) und verständigten sich in einer Mischung aus Russisch, Französisch und Brocken von Schuldeutsch.

Ewa nannte sie penetrant Dunja. Das war Jeanne unangenehm, noch unangenehmer war ihr aber, dass sie sie immer wieder dazu bringen wollte, Russisch zu sprechen. Wollte Ewa an Ira erinnert werden? Ihr Russisch war technisch, hölzern und offensichtlich unzureichend für die Dinge, die sie ansprechen wollte. Jedenfalls begriff Jeanne bis zuletzt nicht, weshalb sie hier war.

Dass Ewa irrtümlicherweise den Brief erhalten hatte, der für Ira gedacht war, hatte sie bald verstanden. Danach hatte Ewa ihn aber, soweit Jeanne es nachvollziehen konnte, an Ira weitergeleitet, sie musste demnach wissen, dass Ira nicht in Paris war (natürlich war Jeannes erster Gedanke gewesen, Ewa sei seinetwegen gekommen). War sie hier, um Jeanne etwas zu beichten? Der Art nach zu schliessen, in der Ewa sie über sich und Ira ausfragte, schien es ihr bald nicht mehr wahrscheinlich, dass die beiden einander hinter ihrem Rükken getroffen hatten. Nach zwei Stunden, nach vielen Missverständnissen und immer längeren Gesprächspausen, die Ewa jedoch nicht provozieren konnten, sich zu verabschieden, beschloss Jeanne, die absurde Situation nicht weiter zu hinterfragen. Um ihre Langeweile zu bekämpfen (aber auch aus einem gewissen Übermut heraus, den die Ballung an Absurditäten dieses Tages in ihr hervorrief), begann sie auf Französisch auf Ewa einzureden, sie erzählte von ihrer Arbeit und kümmerte sich nicht darum, wieviel von ihrem ungefilterten Geplauder Ewa verstand. Währenddessen fragte sie sich, ob sie Ewa sympathisch finden sollte. Sie traute Ira einigen Geschmack zu, doch ausser einer sehr reizvollen, sich immer der Heiserkeit entlang bewegenden Stimme, in der ein grösseres Spektrum Obertöne fehlte, schien ihr zunächst nichts bemerkenswert. Ewa war offensichtlich ein nettes Mädchen, unauffällig hübsch, blass und durchscheinend wie Isabelle Huppert, mit schmalen, farblosen Lippen und weichen Ohrläppchen, schlank, nicht besonders gut gebaut. Das sympathischste, entschied sie endlich, waren die feinen, hellen Augenbrauen und die Art, wie sie ihren Hals hielt. Unangenehm war, wie sie die Zigarette mit den Lippen umschloss, nass, weich und unbestimmt, dazu ihre Angewohnheit, die Fingerkuppen an der Handinnenfläche zu reiben, wenn sie nichts zu sagen wusste. Kam hinzu, dass sie ihren Blick immer wieder wie bedauernd auf Jeannes Kinnpartie ruhen liess, bis Jeanne aufstand, ins Badezimmer ging und nachsah, ob etwas an ihr klebte.

Als sie das Bad wieder verliess, hatte sie beschlossen, Ewas Blick nicht als Beleidigung, sondern als Geburtsfehler zu betrachten und ihr distanziert freundschaftlich zu begegnen. Eben wollte sie auf das Dach steigen, um ihr etwas zu essen anzubieten, da rief Ira an. Gleich danach brach Ewa auf, um sich ein Hotel zu suchen (erst später ahnte Jeanne, dass sie allein deshalb so penetrant ratlos auf dem Dach sitzen geblieben war, weil sie gehofft hatte, sie liesse sie in Iras Bett übernachten). Ewa jedenfalls zog ab, als hätte sie sich in der Tür geirrt, und Jeanne war plötzlich nahe daran, sie zu bemitleiden.

Doch Iras Anruf beschäftigte sie, und sie entschloss sich, einen Einkaufsbummel durch die Rue Mouffetard zu machen, während sie der Frage auf den Grund gehen wollte, weshalb ihr Erlebnis mit der Frau im Wäschegeschäft Ira zu nicht mehr als einer flapsigen Bemerkung veranlasst hatte – vor allem aber, weshalb sein Desinteresse sie so sehr getroffen hatte, dass sie noch während des Telefonats zu weinen begonnen hatte.

IRINA J. M. – JULY 31 – 20:31
Braver Junge!
Ich merke allerdings, du führst bereits wieder etwas im Schilde. Da ich nicht dahinter komme, was, gibt es heute auch keine Weisungen. Überrasch mich.
Irka.

31/07/1999   20:39   ++41-1-272-48-87   S.   01
Gilt nicht, du brichst die Regeln.

IRINA J. M. – JULY 31 – 20:46
Wer bitte hat zuerst die Regeln gebrochen? Wozu soll ich mir was aus den Fingern saugen, wenn du schon genau weißt, worauf du hinsteuerst?

31/07/1999   20:53   ++41-1-272-48-87   S.   01
Irenka, nur einen Hinweis! Я нуждаюсь в твоей помощи.

IRINA J. M. – JULY 31 – 21:28
Sei nicht zimperlich, Timka. Ты всё равно сделаешь по-своему *– also geh und schreib, es ist schon bald zehn. Ich will jetzt ins Bett, nochmals das Kapitel von gestern lesen und früh schlafen, ich werde morgen den ganzen Tag unterwegs sein. Und ich möchte mich auf die Fortsetzung freuen können, also bitte!*
(Schön, du kriegst auch eine Belohnung.)

31/07/1999   21:30   ++41-1-272-48-87   S.   01
Nein, mir fällt nichts ein. Was für eine Belohnung?

IRINA J. M. – JULY 31 – 21:46
1) Kann es sein, dass du dich in was reinsteigerst?
2) Die Belohnung muss ich mir noch ausdenken. Hängt von deinem weiteren Verhalten ab.

31/07/1999 21:47 ++41-1-272-48-87 S. 01
Denk dir eine aus, danach schreibe ich.

IRINA J. M. – JULY 31 – 21:53
Пошёл ты к чёрту! *Lasse mich nicht erpressen. Schlaf gut, Trotzkopf.*

*m*т

Elfte Nacht

Ewa, Ewa, gütiger Himmel – hatte sie sich da wieder in etwas hineingesteigert. Sie sollte sich eigentlich in Grund und Boden schämen – stattdessen amüsierte sie nur ihre eigene Unbeholfenheit.

Dabei hatte, nachdem sie sich erst überwunden hatte, Ira anzurufen, alles ganz unproblematisch ausgesehen! Sie brauchte nicht einmal ihr Russisch auszupacken, der Herr vom Organisationsbüro wechselte, als er ihren Namen hörte, gleich auf Englisch, ebenso danach der Portier des »Rossija«, in dem Ira wohnte. Ira war zwar nicht in seinem Zimmer, rief aber keine halbe Stunde später zurück.

Die erste (noch rührende) Peinlichkeit beging sie, als sie ihn in der Verlegenheit der ersten Worte fragte, ob er sich an sie erinnere – als wäre es nicht *er* gewesen, der Dunja ihre Nummer gegeben hatte. Immerhin, er ritt nicht darauf herum, zeigte sich dankbar, dass sie ihn auf sein Missgeschick aufmerksam machte, und nachdem sie angeboten hatte, ihm den Brief ins Hotel zu faxen, war die Angelegenheit eigentlich auch schon bereinigt.

Schlimmer wurde es, als Ira sie, anstatt das Gespräch in eine jener Richtungen zu lenken, die anständigen Menschen in solchen Fällen offenstehen – ihr zu erklären, warum ihm ihre Telefonnummer so locker von der Hand gegangen war oder sich einfach nur für ihre Mühe zu bedanken und vielleicht noch sich zu erkundigen, was sie all die Jahre getan habe – als Ira stattdessen die Gefühllosigkeit zu fragen besass, weshalb sie nicht einfach Dunja angerufen habe. Sie wurde rot, das konnte er Gott sei Dank nicht sehen, danach sagte sie (und das sollte erst der Anfang alles Peinlichen sein) schnippisch:

»Ich glaube nicht, dass ich dir das erklären kann«,

worauf er verwundert und nur halb belustigt fragte: »Was um Himmels willen soll dieser Tonfall?«,

ihr, als sie bemerkte, wie lächerlich ihr Weibertrotz sich ausnahm, nichts Besseres einfiel, als verächtlich zu bemerken: »Ira, du bist eben ein Mann«,

was er (Recht hatte er) mit einem nur noch kühlen »Danke« quittierte, das sie so immer noch nicht stehen lassen konnte, stattdessen (ihre unnachahmliche Kunstfertigkeit, das Peinliche ins Unermessliche zu steigern) in lehrerhaftem Tonfall, der Ulla alle Ehre gemacht hätte, feststellte: »Das war nicht als Kompliment gemeint«, und eben drauf und dran war, sich in eine hysterische Pubertierende zu verwandeln,

als er, mittlerweile eiskalt, das Thema abschloss (Gott sei Dank), indem er geduldig wie zu einem Kind wiederholte: »Ich habe verstanden, danke.«

Das war das Gespräch mit Ira gewesen, über ein paar Floskeln kamen sie danach nicht mehr hinaus. Sie wollte sich noch entschuldigen (!!!), doch Ira unterbrach sie im Ansatz und sagte in einer Ballance zwischen Gereiztheit, Gutmütigkeit und blankem Hohn: »Hör mal, ich bin völlig am Ende. Können wir uns ein andermal unterhalten?« Worauf sie doch wahrhaftig (sie hätte sich aufknüpfen mögen!) fragte: »Willst du das wirklich?«

Ira hatte die Grösse zu lachen und hängte auf, nachdem er halb entwaffnet, halb spöttisch bemerkt hatte: »Gott, du bist immer noch so unmöglich wie früher, Ewa, ich liebe dich!«

Ende der ersten Phase. Danach war sie erst nur verärgert gewesen, über sich selbst in erster Linie – über sich, über ihre Blödheit und über ihre unglaubliche Inkompetenz in allem, was mit Kommunikation zu tun hatte. Der Ärger über Ira kam erst an vierter oder fünfter Stelle, und er verrauchte, wie sie all ihren Ärger mit gewissen Strategien im Nu zum Verrauchen bringen konnte (hierin wenigstens war sie gut): zwei Stunden Gartenarbeit, eine Stunde Fahrradfahren, ein Brot bakken, danach war sie die Ruhe in Person.

Das nächste, woran sie sich erinnerte, nachdem sie ihr dämliches Brot aus dem Ofen gezogen hatte, war, dass sie es gegen die Wand geschleudert hatte, ins Schlafzimmer gestürzt war, sich aufs Bett geworfen hatte und ins Kopfkissen gebrüllt hatte: »Ira, du Schwein!« – ach, wie sollte das erst werden, wenn sie in die Menopause kam. (Dabei konnte sie unter anderen Umständen eine wirklich sympathische Person sein.)

Soviel zur vierten Peinlichkeit. Es folgte die fünfte: Ihr Charakter war armselig genug, dass sie sich nicht enthalten konnte, Dunjas Brief nochmals zu lesen – was heisst zu lesen: mit Block, Bleistift und dem Russisch-Diktionär verbrachte sie einen sonnigen Sommertag der Selbsttherapie auf der Veranda, mit Strohhut und Eistee, übersetzte akribisch und sah sich als stolze Archäologin in Liebesdingen.

Der Entschluss, nach Paris zu fliegen, kam über Nacht und begann als blosse Leichtsinnsidee. Sie hatte Ferien, sie hatte sich eine Reise verdient, und in Paris war sie noch nicht gewesen (ausgerechnet in Paris nicht! Sie als Malerin!! Ewa!!!). Für den Katalog der Peinlichkeiten: Sie buchte ihren Flug für Freitag, davor wollte sie etwas malen und den Garten in Ordnung bringen, genüssliche einsame Tage ... von wegen. Als sie bemerkte, dass sie sich, während sie Leinwände aufzog, die ganze Zeit über mit Dunja unterhielt, war sie bereits so sehr daran gewöhnt, dass sie es nicht mehr lassen konnte. Sie war vernarrt in Dunjas Schreibstil (Gott, wie oft hatte sie nicht diesen hinreissenden Brief gelesen!), in Dunjas Gefühle, in Dunjas Leidenschaft ...

Und immer heftiger hasste sie Ira: dafür, dass er diese Frau nicht genügend liebte, dafür, dass er die Telefonnummern anderer Frauen bei sich trug (und wie fahrlässig der Hund damit umging!), für seine Überheblichkeit, für ... Ira liess sich wunderbar hassen. Bis Freitag war sie so besessen, dass sie nur noch nach Paris flog, um dieses entzückende, ungeschützte, zärtliche russische Kind zu retten, es zu umsorgen, ihm ihre Liebe zu geben. Sie war dabei, sich nicht minder lächerlich zu machen als seinerzeit in Venedig Thomas Manns unsäglicher Von Aschenbach – und Himmel, sie sollte ihn noch übertreffen.

Sie erreichte Paris und hatte Iras Nachnamen vergessen! Sie rief Sven an, Sven half wie immer, doch was er dazu bemerkte, als sie ihm den Grund ihres Ausflugs erklärte (was sollte sie tun, etwas musste sie sagen!), beschloss sie so schnell wie möglich zu vergessen. Jedenfalls gab Sven ihr nochmals Dunjas Adresse, sie fand auch die Strasse, sie fand den Hauseingang – und auf der sechsten Treppenstufe überfiel sie unverhofft, wie eine Grippe, die ganze Lächerlichkeit ihres Vorhabens.

Sie hielt sich zur Ruhe an, setzte sich auf den Treppenabsatz, rauchte eine Zigarette. Danach wechselte sie in ein Café zwei Häuser weiter, rauchte eine zweite Zigarette (danach ein halbes Päckchen), überlegte, ob sie abreisen sollte. Sie las in Dunjas Brief, war sofort wieder beseelt, gerührt, besessen, stand auf und vergass zu zahlen, ging zurück, zahlte, suchte verzweifelt das Haus, in dem Dunja wohnte, suchte den Zettel, auf den sie die Adresse geschrieben hatte, fand ihn, fand das Haus, stieg die Treppen hoch: wieder überfiel sie die Grippe!

In langem, zähem Kampf erreichte sie das Dachgeschoss. Als sie endlich klingelte, war sie schweissgetränkt, schwindlig vor Erschöpfung und vor Panik blöd im Kopf (ganze zwei Sätze, die immer gleichen Sätze füllten ihr Hirn aus: »Tod in Paris!«, und »Dunjascha, zweifle nicht, ich kann es schaffen!«)

Doch erst in dem Augenblick, da die Türklinke sich bewegte, begriff sie wirklich, auf welche Katastrofe sie zusteuerte, erkannte sie, dass sie drauf und dran war, eine Frau, der sie vollkommen unbekannt war, eine Frau, für die eine Ewa Guve aus Sverdsjö schlicht bedeutungslos war, eine mit sich beschäftigte, aufrichtig leidende Frau mit ihren ungeordneten, übersteigerten, deplatzierten Gefühlen zu überschwemmen – Ewa, wie kannst du!

Es kam noch schmerzhafter. Dunja öffnete die Tür und war alles andere als eine leidende Frau. Die Sätze, die Ewa sich zurechtgelegt hatte, zerfielen vor diesem groben, lebenstüchtigen Gesicht, und hilflos bis ins Mark stammelte sie ein zerknautschtes »Dunja? Ich bin Ewa«, das, wie sie feststellte, ungefähr so verständlich klang wie die ersten Sätze, die sie nach einer Kieferanästhesie vergangenen Frühling von sich gegeben hatte.

Natürlich handelte es sich nicht um Dunja, vielleicht, wenn sie den Brief rekapitulierte, um Alexandra, die Bäuerin hielt es nicht für nötig, sich vorzustellen – wie immer die Lebenstüchtige hiess, sie starrte sie an, liess ein ihr unbekanntes Wort fallen (sie tat es ungefähr so, wie man eine tote Maus in den Mülleimer fallen lässt, die man zwei Wochen lang unter dem Esstisch hat liegen lassen, weil man sie für eine Staubflocke hielt), dann drehte sie sich um und ging, um Dunja zu rufen. Und der lieben Pfadfinderin Ewa wurde noch im selben Moment sowas von speiübel, dass sie durch die nächstbeste Tür rannte, ein Glas Wasser hinunterstürzte und mit einen Schluck Whisky nachspülte, der netterweise bereits parat stand. Dann blieb sie Ewigkeiten auf das Fensterbrett gestützt, versuchte sich auf den Beinen zu halten und stellte sich verzweifelt vor, sie backe ein grosses, warmes, freundlich duftendes Brot.

Es war ein Spiessrutenlauf. Dunja kam in die Küche, gleich darauf verliess Alexandra die Wohnung türschlagend. Dann standen sie einander gegenüber, und es gab nichts zu sagen – denn auch Dunja sah nicht aus wie Dunja. Unmöglich, dass diese Frau eine Leidende war, eine Leidenschaftliche, eine Zärtliche. Sie war auch keinesfalls Russin. Vor ihr stand die typische, selbständige, etwas oberflächliche, etwas harsche pragmatische junge Pariserin, hundertmal selbstsicherer als sie selbst und mit der typischen Pariser Arroganz einer Fremden gegenüber.

Hätte sie souverän gehandelt, hätte Ewa sich entschuldigt und das Haus verlassen. Sie brachte es nicht über sich. Schliesslich stammte von der Hand dieser Frau der entzückendste Brief der Weltliteratur – wo zum Teufel versteckte sie ihre Gefühle? Etwas, einen kleinen Funken davon musste sie aufspüren, davor konnte sie nicht gehen. Einen winzigen Anhaltspunkt brauchte sie, um zu verstehen, wie dieser Brief und diese Frau zusammenhingen, um glauben zu können, dass sie nicht einem bösen Witz aufgesessen war, ein kleines, unbedeutendes Zeichen des Verständnisses, des Wohlwollens ...

Dunja versuchte nicht zu verbergen, dass Ewas Besuch ihr ungelegen kam. Sie führte sie zwar aufs Dach, bewirtete sie (mit einem unerträglich süssen Zucker-Minz-Gebräu). Danach jedoch starrte sie sie nur noch an, liess sich auf kein Gespräch ein, sie liess sie zappeln, überschüttete sie hin und wieder auf Französisch mit Vorwürfen – Ewa verstand kein Wort, doch sie war sich sicher, es konnte sich nur um Vorwürfe handeln. Denn plötzlich war ihr sonnenklar geworden: Dunja hasste sie! Ihr Benehmen war das Benehmen einer zu Tode verletzten, einer nur noch zu Grausamkeiten fähigen Frau! Sie hasste sie – doch wofür um Himmels willen? Was hatte Ira über sie erzählt? Ewa blieb verzweifelt sitzen und wusste nicht, wie sie sich wehren, wie sie sich erklären sollte.

Endlich kam das Ende, es war entsetzlich. Das Telefon klingelte, Dunja nahm ab, sie redete viel und schnell auf Russisch (in einem völlig unverständlichen Russisch), durchsetzt mit französischen, unanständig klingenden Einsprengseln. Sie lachte vergnügt und spöttisch, sie blühte und strahlte. Während des gesamten Gesprächs stand sie von Ewa abgewandt am Fuss der Dachtreppe, eine halbe Stunde über, vielleicht länger, und dachte nicht daran, sie kurz, mit einem Blick, einem nachlässigen Wink um Geduld zu bitten.

Ewa war sich bereits sicher, dass sie schlicht vergessen worden war – als Dunja sich völlig unerwartet umdrehte, ihr den Hörer entgegenhielt, sie verschlossen ansah und spöttisch sagte: »Ira will mit dir reden.«

Sie stand auf, nahm den Hörer entgegen (und stolperte dabei über am Boden liegende Bücher) ...

Sie wusste nicht, was Ira und Dunja über sie gesprochen hatten, welche Witze auf ihre Kosten gefallen waren. Sie begriff nur (Kunststück: die beiden liessen es sie bis ins Mark spüren!): sie hatte sich in kindlicher Ahnungslosigkeit in eine offensichtlich bitterböse Beziehung gedrängt und bezahlte dafür.

Das Gespräch mit Ira immerhin brachte sie mit Anstand hinter sich, dann holte sie ihre Tasche (seit sie erkannt hatte, dass sie gedemütigt werden sollte, hatte sie auch wieder den Mut, Stolz zu zeigen), dankte für die Bewirtung und ging.

Und endlich, bei Dunjas letztem Blick, als Ewas Tasche sich in der Türklinke verhakte und sie nochmals einen Schritt in den Flur zurück tun musste, lag in ihren Augen etwas Warmes, um Verzeihung Bittendes, sie schien nahe daran, etwas zu sagen ...

Doch Ewa hatte sich vorgenommen zu gehen, ihre Bewegungen waren automatisiert, und erst auf dem nächsten Treppenabsatz gelang es ihr, ihre Schritte zu verlangsamen. Sie suchte nach einer Zigarette, nicht wirklich hoffend, eher grosszügig abwartend (Quatsch: und wie sie hoffte!) ... Die Place de l'Estrapade überquerte sie eben so gelassen, dass es nicht kokett wirkte, etwas beschwingter ging sie die Rue des Fossés St. Jacques hinab – doch da fühlte sie bereits, dass Dunja ihr nicht folgte.

IRINA J. M. – AUGUST 01 – 18:22
Na siehste.

Zum Geschriebenen, Timka: Du bist ein raffiniertes Schwein, diese Wendung hatte ich wirklich nicht erwartet. Offensichtlich lohnt es sich, mit dir zu streiten.

Zur Belohnung: Sie bleibt ein Geheimnis, ich verrate nur soviel, du wirst deiner Mutter nicht davon erzählen können.

Zur Fortsetzung (obwohl ich ja sehe, du bist besser, wenn ich dir nichts vorgebe): Du hattest mir einen Moskauer Stadtspaziergang versprochen ...

Deine (ich gebe es zu: verliebte) Irina.

Zwölfte Nacht

Jaroslaw Jurijewitsch verwirklichte seine Vorhaben, auch wenn es ihn Überwindung kostete. Und so stand er nach einem bis tief in die Nacht andauernden, unsäglich formellen Geschäftsessen, zu dem Frédéric und er die indische Delegation sowie den stellvertretenden Direktor des Festivals eingeladen hatten, und nach wenigen unruhigen Stunden Schlaf tatsächlich um sechs Uhr wieder auf, verkatert und fröhlich. Während Radio Moskau den Tag mit der russischen Nationalhymne eröffnete, summte er in alter Gewohnheit die Internationale mit, rasierte sich dabei und freute sich in Liebe zu seinem Beruf am zarten, über der Moskwa dunstigen Morgenlicht mit seinen langen, weichen Schatten.

Er wusste, dass es keinen Sinn hatte, zu dieser Zeit im »Rossija« frühstücken zu wollen, das gut und gern das grösste Hotel der Welt sein mochte (wie der Prospekt es behauptete), aber weiss Gott nicht das grosszügigste. Als er mit leerem Magen den Kreml passierte, war es daher gerade eben zwanzig nach sechs. Die Wassersprenger rotierten noch, und bereits flogen neue Flugblätter über den saubergespritzten Platz: Moskaus eifrige Bürger sammelten sich zum Demonstrationszug, vor dem Richtplatz die Befürworter, vor dem Lenin-Mausoleum die Gegner, dazwischen die Miliz. Wofür demonstriert wurde, konnte er nicht erkennen, es interessierte ihn auch nicht. Er wusste, seit die Bürger alle Rechte und keine Arbeit mehr hatten, wurde jeden Tag demonstriert; in einem System, in dem die Wirtschaft die Politik bestimmte (falls man die russische Anarchie überhaupt noch als System bezeichnen wollte), schien ihm das wenig zu nützen.

An einem Kiosk in der Metro-Station Aleksandrowski Sad kaufte er eine Flasche Kefir, dann machte er sich auf, Tolstois ehrwürdige Pretschistenka entlang zu den Sperlingsbergen zu spazieren, von wo aus er sich bei diesem Licht, dazu unbelästigt von Touristenbussen, einen wundervollen Blick auf die Zuckerbäcker-Wolkenkratzer erhoffte (von Dunja liebevoll auf »Stalins kleines Manhattan« getauft), ausserdem wollte er wieder einmal das Häufchen rührend optimistischer Angler bestaunen, das sich jeden Tag bei Morgengrauen am Ufer der Moskwa einfand und dessen Beute so giftig war, dass sie eigentlich einbetoniert gehörte.

Dann wehte ihm aber ein Duft entgegen, dem er nicht widerstehen konnte. Gleich darauf sah er vor einer Bäckerei den immer noch gleichen blauen Planwagen mit der sozialistisch schlichten Aufschrift »Хлеб« der Moskauer Grossbäckereien stehen, zwei Arbeiter zogen an langen Haken einen Holztrog voller frischer Brote von der Ladefläche, und es roch so sehr nach Kindheit, dass er sich auf die Eingangsstufe des nächsten Hauses setzte, eine Zigarette rauchte und zu warten beschloss, bis die Bäckerei geöffnet wurde.

Interessiert sah er zu, wie ein phantasievoll uniformierter Hauswart nach einem ausgeklügelten Muster den Pappelflaum vom Gehsteig fegte und immer wieder feixende Blicke auf die gegenüberliegende Strassenseite warf, wo ein etwa vierzigjähriger, dunkel gescheitelter Mann mit für Moskauer Verhältnisse überaus regelmässiger Nase und aufgeworfenen Lippen geduldig versuchte, seinen Wolga zu starten. Eines um das andere Mal öffnete er die Motorhaube und reinigte sorgsam die Zündkerzen, zuvor hatte er bereits umständlich Scheibenwischer und Kennzeichen montiert. Schliesslich bat er Ira mit der Selbstverständlichkeit russischer Leidgenossen, ihn kurz anzuschieben, dann bog er endlich stolz, mit stotterndem Motor und dicke Rauchfahne, in die Uliza Ostoschenka ein.

Der Hauswart sah nachdenklich zu, wie Ira die Ärmel wieder herunter krempelte. »Weisst du, Muschik, ich bin ja auch gern hilfsbereit«, sagte er stirnrunzelnd, »aber nicht bei dem. Ich weiss nicht, wie der sich seine Wohnung erschlichen hat, jedenfalls gehört er nicht in diese Gegend. Nicht zu reden davon, dass es sich um eine Person jüdischer Nationalität handelt.« Um aber seine Hilfsbereitschaft unter Beweis zu stellen, schulterte er den Besen, marschierte durch den Hintereingang in die Bäckerei und sorgte dafür, dass der Inhaber für Ira den Laden aufschloss.

Gleich darauf setzte Ira sich mit der noch warmen Watruschka in der Hand auf seine Stufe und fühlte sich in diesem Moskau endlich wieder zuhause. Die ersten Schulkinder rannten die Strasse entlang, eine betrunkene ältere Frau folgte ihnen, sie zerrte eine Ziege hinter sich her, und vier junge Männer hievten einen sichtlich tonnenschweren Autoanhänger die Treppe zur Metro hinab. Als es halb acht Uhr schlug, war Ira mit zwei gleichermassen wesentlichen Fragen beschäftigt, ohne dass er sich für eine von ihnen entscheiden konnte (weshalb waren die Moskauer Glocken ihm unverzichtbarer als alles andere in dieser Stadt? was zum Teufel mochte Gogol gemeint haben, als er Moskau eine weibliche und Petersburg eine männliche Stadt nannte?) – als er sich endlich eingestand, dass er zu keinem klaren Gedanken in der Lage war, er würde seinen Kater bestenfalls im abgedunkelten Vorführsaal eines Kinos überstehen. Und dann fiel ihm im buchstäblich letzten Augenblick ein, dass Frédéric abflog und er ihm die Papiere für Dunja noch nicht gegeben hatte.

Zwei Stunden später lag er endlich (Frédérics unerbittlich vorwurfsvollen Blick in die Netzhaut eingebrannt) erschöpft, genervt, ausgetrocknet im Kinosessel und erkannte mit einer Mischung aus christlicher Demut und russischer Resignation, dass er sich im Saal geirrt hatte und ihn statt der belanglos-amüsanten Michael-York-Retrospektive die Premiere eines armseligen, unwahrscheinlich prätentiösen ukrainischen Spielfilms erwartete, dessen Drehbuch er ein Jahr zuvor dem Regisseur kommentarlos zurückgeschickt hatte.

Dann stellte er fest, dass das flache, flackernde Licht des Projektors seinen Kopf noch stärker malträtierte als zuvor die Morgensonne, und so lehnte er sich unauffällig zurück, schloss die Augen und fragte sich, ob Dunja enttäuscht sein würde, wenn das Moskauer Porträt, das er so grossartig angekündigt hatte, entfiel.

IRINA J. M. – AUGUST 02 – 19:23

Timuschka, ich habe regelrecht geweint – das schönste Kapitel bisher! (Ach, mein Moskau ...)

Trotzdem, bilde dir nichts darauf ein, du hast von Moskau keine Ahnung: Weisst du, wie lange man vom »Rossija« aus läuft, bis man auf den Sperlingsbergen ist? Und wo beim Roten Platz soll eine Bäckerei stehen? Gibt es nicht, das kann ich dir versichern.

Abgesehen davon, bezaubernd und verdammt zutreffend, du Ungeheuer.

Übrigens, meinst du nicht, es wäre an der Zeit, dass Ira sich ein paar Gedanken über seine drei Jahre mit Dunja macht?

Mit möglichst vielen Küssen (für jede neue Seite gibt es einen), deine
Irka.

Dreizehnte Nacht

Die meiste Zeit fand Ira Dunja unmöglich, oft verzweifelte er an ihr – es gab aber keinen Augenblick, in dem er sich nicht sicher war, dass er sie liebte.

Er liebte sie, und er sehnte sich nach ihr, vor allem in den Zeiten, in denen sie beisammen waren. Er sehnte sich nach dem, was sie – von ihr selbst so vollkommen unbeachtet – in sich trug. Er liebte ihre Möglichkeiten und sehnte sich danach, sie verwirklicht zu sehen.

Er konnte jedoch (und er bedauerte es) nicht von sich behaupten, er liebe sie blind. Immer wieder wurde es ihm unerträglich, wie sie mit dem Charme des Kindlichen kokettierte und sich klein machte, die Scheue, Unbedeutende spielte. Oft genug fand er sie nur geschmacklos, geschmacklos in ihren Witzen, geschmacklos in ihrer Kleidung. Ihre Bemerkungen, gerade wenn sie klug sein wollten, konnten so dumm wirken, so platt, aufgeblasen, vulgär, oh, er konnte sie verfluchen, und wie oft schämte er sich nicht für sie!

Und wie oft bewunderte er sie. Bewunderte er ihre Stärke, ihre Selbstsicherheit. Wenn sie vulgär, aufdringlich, infantil war, so war sie es, weil sie es sein wollte, und sie schämte sich nicht dafür. Sie gab sich, wie ihr gerade der Sinn stand, die Meinung der anderen (Iras besonders) kümmerte sie einen Dreck.

Bereits bei ihrer ersten Begegnung hatte er erkannt, dass sie die Stärkere war, dass sie ihn leiten würde, seither hielten sie sich daran. Dunja entschied. Sie entschied, ob sie eine Entscheidung treffen wollte oder ob sie sie Ira überliess (wobei er regelmässig falsch entschied und sie ihn sanft, aber bestimmt dazu brachte, sich zu korrigieren). Sie bestimmte, wann sie die Herrscherin war, wann sie verführt werden wollte. So befand sich die Form, in der sie ihre Beziehung lebten, stets in vollkommener Übereinstimmung mit Dunjas Stimmungen. Dunja bestimmte, wie nah sie zueinander standen, sie bestimmte, wie zärtlich sie miteinander umgingen, welche Richtung ihre Zärtlichkeiten nahmen. Sie bestimmte, wann sexuell verkehrt oder Sexualität nur angedeutet wurde, wann sie keusch lebten, und auch die Arten, in denen sie miteinander verkehrten, bestimmte sie und verteilte die Rollen.

Unmissverständlich zeigte sie Ira, was sie wollte, sei es durch ein Zögern, sei es, dass sie litt und ihn durch ihr Leid aufforderte, die Initiative zu ergreifen (um sie ihm, sobald sie es für richtig hielt, wieder zu entziehen). Dunjas Launen waren (um mit Bunin zu sprechen) die Grammatik ihrer Liebe, und er war seiner Frau dankbar dafür.

Er vertraute Dunjas Intuition um so lieber, als er sich selbst jeden Instinkt absprach. Auf ihre Sicherheit konnte er sich verlassen, nie bereute sie einen Entscheid – und wenn sie schwankte und einen bereits gefällten Entschluss wieder umstiess, dann geschah es nicht, weil sie sich geirrt hatte, sondern weil sie es mittlerweile eben anders wollte. Selbst Ira musste, solange sie bei ihm war, nie befürchten, falsch zu handeln: sie korrigierte ihn zuverlässig, mit der Entschiedenheit eines Fluglotsen. Und zügig, zügig! Während er sich noch zu orientieren suchte, wusste sie längst, was sie wollte – und sei es, dass sie sich entschieden hatte, mit einer Entscheidung noch zu warten. Kaum hatte er mit seinen Erwägungen begonnen, stellte sie ihn bereits vor vollendete Tatsachen.

Natürlich hatte ihr Instikt eine Kehrseite, Ira versuchte sie nicht überzubewerten. Trotzdem, es kam vor, dass er sie verdächtigte, egoistisch zu sein, und glaubte sie daran erinnern zu müssen, dass sie ein Einzelkind war. Sie konterte, indem sie ihn und seine sechs

Geschwister eine Herde von Hammeln nannte – und natürlich hatte sie wieder Recht: man kann Rücksicht auch als sozial angepasste Form betrachten, sich vor einer Stellungnahme zu drücken.

Er war sich daher auch nie ganz sicher, wenn er ihren Wankelmut, ihre unbeschwerte Art, in den unmöglichsten Situationen und am liebsten im allerletzten Moment plötzlich die Position zu wechseln, hin und wieder als profillos bezeichnete. Hatte nicht letztlich Dunja Recht, und sein unerschütterlicher Moralismus war die primitivere, da blindere, vorurteilsbehaftetere Art, der Komplexität der Welt zu begegnen?

Jedenfalls, hätte er die Wahl gehabt, er hätte die Stabilität seiner theoretisch wohlfundierten relativistisch-demokratisch-sozialistischen Überzeugung jederzeit gegen Dunjas blosse Neugierde und die launische und intuitive Art eingetauscht, mit der sie über die Fragen des Lebens entschied (egal, ob der Gegenstand ihrer Diskussion ein Einkaufszettel, ein neues Votum des Papstes oder die jährliche Steuerrechnung war). Sie war mit beneidenswerter Skrupellosigkeit in der Lage, einen Politiker abzulehnen, weil ihr sein Lachen nicht gefiel. »Ich kann dieser Fresse unmöglich vertrauen«, fand sie, und diese Feststellung klang auch in Iras Ohren so zwingend wie jedes intellektuelle Argument. Ohne ein weiteres Wort zu verlieren, wählte sie den Politiker trotzdem, sprach er sie darauf an, antwortete sie mit leisem Vorwurf: »Irka, in diesem Land leben fünf Millionen Ausländer. Was sollen die von uns halten, wenn wir ihnen einen faschistischen Präsidenten vor die Nase setzen?« Andere hätte er in solchen Momenten geohrfeigt, sie liebte er unendlich.

Schlimme Zeiten, in denen Ira ernsthaft um ihre Beziehung fürchtete, kamen, wenn Dunja ihrer Intuition zu misstrauen begann, wenn sie unvermittelt die Angst befiel, sie bevormunde Ira, und sie ihn dazu bringen wollte, mehr auf sich zu hören. Zweifellos trieb sie hierzu allein ihre Liebe zu ihm, doch sie überforderte ihn restlos. Er hatte keine Ahnung, was er wollte – das heisst, was er wollte, war im Grunde nichts weiter als Dunjas Unabhängigkeit. Er fühlte sich wohl, solange er darauf vertrauen konnte, dass sie sich in nichts zurückband, dass sie sich von ihm, von seinen Wünschen nicht einschränken liess. Doch unglücklicherweise funktionierte Dunjas Instinkt nur, solange sie nicht nachdachte; war sie erst einmal unsicher geworden und glaubte, sich Gedanken über ihre Beziehung machen zu müssen, schlitterten sie jedes Mal unweigerlich in die Katastrofe.

Wie zu jener Zeit, als sie nach Paris zogen: Dunja zeigte ein schlechtes Gewissen, weil sie die Stadt kannte und sich in Paris vom ersten Tag an zuhause fühlte. Sie litt, als sie sah, wie hilflos Ira der neuen Situation gegenüber stand, und wollte plötzlich nicht mehr glauben, dass er nicht nur ihretwegen aus Moskau weggezogen sei. Sie fühlte sich schuldig an seiner Orientierungslosigkeit, die er für völlig normal hielt, doch es gelang ihm nicht, sie davon zu überzeugen. Ihr schlechtes Gewissen zwang ihn schliesslich, sich schneller auf die Stadt einzulassen, als ihm lieb war: um ihre Zweifel zu zerstreuen, lernte er innerhalb weniger Wochen das nötige Französisch, lernte, sich in der Stadt und im Umgang mit den Franzosen zurechtzufinden. Gern hätte er sich in aller Ruhe und mit einer gehörigen Portion Koketterie von der Stadt verführen lassen – stattdessen ackerte er wie ein Pferd, um sie zu erobern. Mit seiner aggressiven Art lieferte er Dunja den Beweis, dass er hier leben wollte; das war, was sie gebraucht hatte, und so normalisierte sich ihre Beziehung wieder.

Danach hatte er begriffen, welche Last er auf sie legte, wenn er sich immer nur darauf verliess, dass sie ihn leitete und führte, und er begann, ihr gelegentlich die Führung abzunehmen. Dunja nahm sein Angebot (über das sie nie sprachen) dankbar an: Immer öfter spielte sie das Kind, die unvernünftige Göre, das Frauchen. Es waren nicht die Seiten, die er besonders an ihr gemocht hätte, doch offensichtlich gehörten sie zu seiner Frau, und er warf sich vor, dass er ihr in den ersten Monaten nie den Raum geboten hatte, sie auszuleben.

Er machte Fortschritte. Er lernte, Entscheidungen zu treffen, er fand eine kindlichere Sprache im Umgang mit ihr, die sie dankbar übernahm. Ihre frühere unkompliziert direkte Sexualität wich neuen, etwas backfischhaften Erotikspielen, die er nicht eben erregend fand, doch er begriff (nach einigen Fehlversuchen), wie er darauf eingehen musste, um sie glücklich zu machen.

Und er begriff, wie sehr sie dieses Kindliche brauchte als Gegenwelt zu ihrer Pariser Umgebung, in der sie sich erwachsen, selbstbewusst und souverän zeigte bis zur Erschöpfung. Er sah, wie gereizt sie reagierte, wenn ihre Freunde versuchten, ihn in ihren Kreis einzubeziehen, und begriff, dass sie ihn nicht mit ihnen teilen wollte – ihre Beziehung war der Ort, an den sie sich zurückzog, um Geborgenheit zu finden. Zwar war er keinesfalls sicher, dass er ihr diese Geborgenheit tatsächlich bieten konnte, doch ihr Vertrauen machte ihn glücklich, und es schien ihm hierfür auch kein zu hoher Preis, dass sein anfängliches Begehren sich zusehends in Fürsorglichkeit verwandelte.

Immer unerträglicher dagegen wurden die Wochen, in denen er unterwegs war. Dunja verkraftete die Trennungen schlecht, aus Heimweh verbot sie ihm schliesslich, sie anzurufen. Er schrieb, sooft er konnte, doch ohne schlechtes Gewissen konnte er bald nicht mehr reisen, und wenn sie (und sie tat es fast unablässig) von ihm forderte, er solle sich amüsieren, brach sie ihm damit das Herz. Er begriff ja, dass sie ihn glücklich sehen wollte, um ihr eigenes Unglück leichter nehmen zu können – nur fand er unter diesen Umständen in Gottes Namen nichts, das ihm Vergnügen bereitet hätte. Er suchte Zuflucht in kleinen Notlügen, erfundenen Geschichten, immer öfter begann er zudem zu verschweigen, was ihn beschäftigte – und wenn er für einmal beschloss, sie nicht andauernd von allen Problemen fernzuhalten (wie bei ihrem letzten Telefonat, als er ihr von Kafurins Sicht auf Moskau erzählt hatte), so bereute er es sofort wieder: sie war nicht in der Lage, damit umzugehen.

Doch er sah auch, und er sah es mit Bewunderung, wie sehr sie darum kämpfte, die Tage ohne ihn zu überstehen. Wie sie sich bemühte, auf Menschen zuzugehen, ihre Abhängigkeit von ihm zu überwinden – und welche Mühe sie darauf verwendete, ihm alle noch so kleinen Fortschritte zu berichten. Glückselig beschrieb sie ihm bereits den flüchtigsten Blick eines Menschen, der ein kleines bisschen Freundlichkeit oder Interesse hatte erahnen lassen (wie den Blick jener Frau im Wäschegeschäft). In jeden Menschen, der nur halbwegs im Leben verankert schien, vernarrte sie sich sinnlos. Es war ihm allerdings unmöglich, ihre scheuen Versuche, das Leben zu meistern, zu loben: zu traurig schienen ihm ihre Gesten – und er fragte sich, mit welcher Willensanstrengung sie die beiden harten heimatlosen Jahre als Dolmetscherin überstanden hatte.

Und dann plötzlich, mit unfassbarer Leichtigkeit, schien sie wieder über allem zu schweben, liebte sie dieses Paris, das sie noch eben so geängstigt hatte, liebte sie das Leben (offenbar war es ihr sogar gelungen, die spröde, nur ihren Leinwänden mit Gefühlen zugetane, so unsäglich nordische Ewa zu etwas Frivolität und Leichtsinn zu verführen) – und derart unangekündigt, unverhofft und ohne jeden erkennbaren Anlass stellten sich diese Wechsel ein, dass er sich ab und zu bei dem Verdacht ertappte, all jenes, ihre Beziehung zu ihm, womöglich ihr gesamtes Wesen, sei für Dunja nur ein grossangelegtes, unverantwortliches Spiel, in dem er nichts bedeutete.

Doch bisher hatte er diesen Gedanken noch jedes Mal verworfen und lediglich gedacht, wenn es auch so wäre, er würde es nicht anders wollen.

IRINA J. M. – AUGUST 03 – 16:37
Tim, WAS WAR DAS?! Ich kann dir versichern: Ich habe einige Male leer geschluckt. Mir scheint, du hast hier so ziemlich alles verbraten, worüber wir in jener Nacht geredet hatten – und das meiste gründlich missverstanden.

Entschuldige, aber dieses Kapitel kommt mir etwas zu nah.

Also gefälligst Szenenwechsel: Zum Teufel mit Ira, ich denke, zwischen Alexandra und Dunja müsste sich noch etwas klären.

Ir.

03/08/1999   17:54   ++41-1-272-48-87   S. 01
Entschuldige, Irenka, hatte dabei nicht an dich gedacht!
Моя дорогая, моя хорошая, не волнуйтесь так!
... Верте мне, верте ... Мне так хорошо, душа полна любви, восторга ...

IRINA J. M. – AUGUST 03 – 16:37
Lügner! Ausserdem hast du, der Länge deines leichtfertigen Geschreibsels nach, offensichtlich bloss Küsse schinden wollen. Geh und arbeite, und gib dir Mühe, mich zu versöhnen.

Irka.

Vierzehnte Nacht

An diesem Nachmittag konnte Jeanne an keinem Obststand der Rue Mouffetard vorbeigehen, ohne etwas zu kaufen. Nachdem sie sich mit Aprikosen, Tomaten, Kirschen, Blaubeeren, einer Gurke und zwei Melonen bepackt hatte, beschloss sie, noch den Boulevard St. Germain nach einem neuen Badeanzug abzuklappern. Stattdessen kaufte sie in der Rue de l'Echaudé Sandaletten und ein Paar zu ihrer Garderobe völlig unpassender, aber entzückender Schnürstiefelchen im Mary-Poppins-Stil. Dann endlich setzte sie sich erschöpft vor das Café de Flore, bestellte einen Ricard und befahl sich, nun doch noch ein paar selbstkritische Gedanken auf diesen fürchterlichen, nervenzersetzenden Tag zu verwenden.

Ein halbes Glas lang schwankte sie, ob sie ein schlechtes Gewissen verdiente, weil sie Ewa so kommentarlos vor die Tür gestellt hatte. Dann entschied sie gehandelt zu haben, wie eine stolze Frau nicht anders handeln durfte, und bedauerte das dumme Hühnchen für seine Gefühlsverwirrtheit, fand aber nichts, was sie für Ewa hätte tun können. Ira war der Rest des Glases gewidmet, sein Anruf hatte sie jedoch dermassen ratlos gemacht, dass sie es kippte, ohne zu einem auch nur halbwegs brauchbaren Gedanken gefunden zu haben.

Der zweite Ricard machte sie etwas gelassener, auch trauriger, und mit jedem Schluck wurde sie sicherer, dass sie sich hasste. Ihre ganze Wut auf Ira war unberechtigt, er benahm sich nur, wie man sich einem hysterischen Einzelkind gegenüber zu verhalten hat. Gespräche wie das heutige mussten aufhören, das war ihr klar, doch es führte zu nichts, wenn sie an Ira herummeckerte, den entscheidenden Schritt musste *sie* tun.

Wie dieser Schritt aussehen mochte, darüber wagte sie allerdings nicht nachzudenken, bevor sie den nächsten Ricard bestellt hatte, dann musste noch eine Zigarette angesteckt werden, und während sie mit den Untertellern spielte und auf ihr Glas wartete, fiel ihr auf, dass sie noch keinen ernsthaften Gedanken daran verschwendet hatte, weshalb Ewa nach Paris gekommen war. Um sie kennenzulernen? Das machte nur Sinn, wenn sie in Ira verliebt war und das Terrain hatte auskundschaften wollen. Oder hatte Ira Ewa in seiner ewigen Sorge um seine zart besaitete Gattin gebeten, sich um sie zu kümmern? Doch du liebe Güte, welch ein Vertrauensverhältnis zwischen den beiden hätte das vorausgesetzt! Nein, eher wusste Ewa etwas über Ira, das sie ihr hatte mitteilen wollen; das könnte auch erklären, weshalb Ira allen Abmachungen zuwider plötzlich anrief, in eben dem Augenblick, da Ewa sich bei ihr breit machte – befürchtete er, die Kontrolle über die Situation zu verlieren? Dieser Gedanke liess sich weiterspinnen: Weshalb war Ewa, nachdem sie keine Minute mit Ira gesprochen hatte, so überstürzt aufgebrochen? Hatte er sie bedroht? Welches Geheimnis mochte Ira haben?

Jeanne trank in immer kleineren Schlucken, und doch war das dritte Glas geleert, bevor ihr einfallen wollte, was Ira dazu bewegen könnte, seine Offenheit ihr gegenüber aufzugeben. Definitiv nichts Geheimnisvolles hatte seine Sexualität, er pflegte sie mit derselben beiläufigen Aufmerksamkeit, die er all seinen Körperfunktionen zukommen liess; es war durchaus denkbar – wenn sie darüber nachdachte, war es wohl nur eine Frage der Zeit –, dass ihm auf Reisen bei Gelegenheit eine andere Frau ins Bett geriet, doch würde er eine derartige Geschichte nie so wichtig nehmen, dass ihn die Möglichkeit, sie könnte davon erfahren, aus der Ruhe brächte. Notfalls würde er sie davon unterrichten, bevor jemand anderer es tun konnte, mit einer Beiläufigkeit, als handle es sich um eine Zeitungsmeldung, gekrönt von einem Kuss und einem jungenhaften Lächeln, damit würde sich in seinen Augen die Angelegenheit erledigt haben.

Erst als Jeanne vor dem vierten Glas sass, fiel ihr auf, dass sie das Rätsel von der falschen Seite anpackte. Die richtige Frage lautete: Was konnte Ewa wissen? Allerdings, half das weiter? Geschäftliche Dinge kamen nicht in Frage, Ewa und Ira hatten beruflich miteinander nichts zu tun. Nach allem, was sie wusste, hatten sie allerdings überhaupt nicht miteinander zu tun – sie musste sich schon damit abfinden, dass sie offensichtlich etwas ganz Wesentliches *nicht* wusste. Und da die Wahrscheinlichkeit nicht eben dafür sprach, dass es sich um eine neuere Geschichte handelte, blieb als letzte sinnvolle Frage: Was war in Boston vorgefallen?

Und da fielen Jeanne auch nach angestrengtem Nachdenken nur zwei mögliche Antworten ein. Entweder Ira hatte bei Ewa Schulden, das musste sie nicht weiter beunruhigen. Oder sie hatten ein gemeinsames Kind. Und hierüber nachzudenken sträubte sie sich. Plötzlich fühlte sie nur noch dumpfen Ekel, sie beschloss, die Geschehnisse dieses Nachmittags verdienten kein weiteres Nachdenken, zahlte, griff nach ihren Taschen und machte sich, zu ihrem Erstaunen vollkommen nüchtern, auf den Heimweg.

Dass Alexandra vorbeikommen würde, fiel ihr erst ein, als sie bereits in die Rue des Fossés St. Jacques einbog. Um ein Haar hätte sie noch in der Strasse kehrt gemacht und den Abend im Kino verbracht, sie verspürte jetzt nicht die geringste Lust auf irgendjemandes Avancen. Und gleich weitete der Ekel sich aus, griff über auf ihre Erinnerung daran, wie sie sich wenige Tage zuvor in solch unvorstellbarer Lächerlichkeit bemüht hatte, Alexandra in ein erotisches Spiel zu verwickeln – plötzlich hasste sie sich nur noch, hasste sich abgrundtief, verabscheute ihre Triebhaftigkeit – und eben in diesem Augenblick fiel ihr ein, dass sie den ganzen Nachmittag über ohne Höschen unterwegs gewesen war!

Krampfhaft versuchte sie sich zu erinnern, in welchen Posen sie sich im Café de Flore und zuvor im Schuhgeschäft bewegt hatte ... der Gedanke, jemand könnte unbemerkt ihre Nacktheit begafft haben, erschreckte sie dermassen, dass sie nichts weiter wollte als nur nach Hause und einen Slip anziehen.

Danach fühlte sie sich etwas besser. Sie packte die Taschen aus, warf die Schuhe gleichgültig, fast abschätzig in einen Schrank und betrachtete mit wachsendem Entsetzen die unsinnigen Mengen Frischzeug, die sie eingekauft hatte. Dabei überlegte sie sich, was sie Alexandra sagen sollte.

Das angekommene Fax entdeckte sie erst, als sie das gewaschene Obst in allen Schüsseln des Haushalts verteilt hatte. Bereits als sie mit dem ersten Blick Iras Handschrift erkannte, spürte sie, wie ihr Unterleib sich zusammenzog. Sie sperrte sich, den Brief zu lesen, schliesslich überflog sie ihn widerwillig, im Halbdunkel. Es war, wie sie erwartet hatte, sie glaubte lauter Lügen zu lesen, Ausflüchte, verklemmt-witzige Halbwahrheiten. Iras Ausführungen zu Ewa versuchte sie erst gar nicht nachzuvollziehen – das Einzige, was sie verspürte, war der unerträgliche, fast schmerzhafte Drang, aus ihrem Leben zu entfliehen, und trotziger Ärger darüber, dass sie weit entfernt davon war, in Tränen auszubrechen, wie es sich in einer solchen Situation gehörte. Eine Weile erwog sie, ein Glas zu zerschmeissen, zu anderen Regungen reichte es nicht; schliesslich fehlte ihr noch die Lust, Ira ihr Geschirr zu opfern. Stattdessen setzte sie sich auf die Treppe, stellte mit fatalistischer Befriedigung fest, dass zu allem Überfluss ihre Füsse rochen, lachte über sich selbst und warf halbherzig eine Aprikose gegen die Tür.

So sass sie noch, als Alexandra in die Wohnung platzte. Mittlerweile hielt sie eine Schüssel Kirschen auf den Knien, die Steine spuckte sie in Richtung Küche. Alexandra beachtete Jeannes Zustand nicht weiter, Ausbrüche dieser Art gehörten für sie zum Alltag. Sie rauschte mit einem knappen »Hallo!« in die Küche, nahm zwei Gläser vom Regal, zog eine Flasche Whisky aus der Tasche, setzte sich zu Jeannes Füssen und sagte (in ihrem Tonfall fürs Praktische): »Hör zu, Jeannette, wir müssen etwas klären. Du bist bezaubernd, dein Körper ist hinreissend, ich liebe deine Launen, ich liebe deine Sehnsüchte, und ich habe wirklich Spass an deinen Spielen. Ich will nur etwas klarstellen: Ich stehe auf Männer, und ausschliesslich auf Männer. Also tu, was du willst, meinetwegen pinkle auf den Boden oder onaniere beim Abendessen, ich habe an allem Möglichen mein Vergnügen. Das ist es dann aber auch, eine Affäre werde ich mit dir nicht haben. Übrigens stinken deine Füsse.«

Jeanne lachte. »Ich weiss«, sagte sie, stellte die Schüssel Kirschen auf den Boden und drückte die Füsse hinein. »Besser?« Sie fühlte sich, nachdem Alexandra in ihrer problemlosen Art ihr zumindest eine ihrer Lasten abgenommen hatte, so glücklich, dass sie sie hätte umarmen mögen, wäre sie dazu nicht zu träge gewesen. So blieb sie nachdenklich an die Stufe gelehnt sitzen und fragte nach einer Weile leicht verwundert: »Beim Abendessen onanieren? Ich weiss nicht, ob mir das

Spass machen würde. Du könntest mir aber endlich dieses Ding ausziehen.« Ohne aufzustehen, zog sie das Kleid über den Kopf und wandte sich so, dass Alexandra das Korsett aufknüpfen konnte.

Danach sassen sie bis in die Nacht hinein im Licht einer Kerze auf der Treppe, Jeanne blieb nackt bis auf ihren Slip, die Fusssohlen in den Kirschen, immer wieder drückte sie den warmen Matsch zwischen den Zehen hindurch und genoss die kühle Luft, die ihren Oberkörper mit Gänsehaut überzog. Ab und zu, während sie sich bemühte, den Aschbecher zu erreichen, hafteten Alexandras Blicke kurz an ihren Brüsten, dabei redeten sie über ihre Lust, über jene Bereiche ihrer Lust, die von Männern niemals berührt werden. Sie erzählten einander ihre lächerlichsten, später ihre geglücktesten Abenteuer, und im Plauderton sprachen sie schliesslich über Hilfsmittel, einen Bereich, in dem sie sich beide wenig auskannten, über die Lust an leichter Kleidung und über Orgasmen.

Kurz vor Mitternacht schlüpfte Jeanne wieder in ihr Kleid, um in der Küche ein paar Omeletts zuzubereiten. Danach sassen sie kauend nebeneinander auf der Terrasse, die Beine auf das Geländer gelegt, und sahen schweigend über die Dächer hinweg in die Nacht. Irgendwann stand Alexandra auf und ging mit ungewohnt leisen Schritten in die Wohnung zurück. Als sie nach einiger Zeit wieder die Treppe hinaufgestiegen kam, war ihr Gesicht leicht gerötet, doch sie sagte nichts, zündete zwei Zigaretten an, eine für sich und eine für Jeanne, räusperte sich selbstironisch und fragte verlegen lächelnd: »Willst du noch etwas?«

Jeanne bezähmte ihren Drang, an Alexandras Fingern zu riechen, als sie die Zigarette entgegennahm. Stattdessen wandte sie ihr Gesicht wieder der Nacht zu, blies zwischen ihren Knien hindurch den Rauch des ersten Zuges in ein erleuchtetes Fenster und fragte: »Wann fahren wir morgen?«

Und Alexandra sah sie glücklich an, stützte, während sie sich zu ihr herüber beugte, schwer die Hand auf ihre Schulter und küsste sie herzlich, warm und ausdauernd auf die Lippen. Seufzend sagte sie: »Ach, ist es schade, dass du kein Mann bist!«, und Jeanne kicherte, kratzte sich am Kopf und fragte zweifelnd: »Glaubst du im Ernst, ich wäre Aimée ein guter Vater?«

IRINA J. M. – AUGUST 04 – 19:33
Timka, ich küsse dich für dein witziges Kapitel. Du bist ein Quatschkopf und eine unanständige Sau, wohlgemerkt. Ich freue mich auf Dunjas Ferien –
  ... und kann dir verraten, dass ich diese Nacht das Bett mit einer sehr schönen Frau teilen werde (und wir sind beide spitz wie Nachbars Lumpi).
  Deine Ira.

04/08/1999   19:44   ++41-1-272-48-87   S. 01
Irka, du bist zwar zweifellos wundervoll, aber wie soll ich jetzt arbeiten? Von was für einer Frau sprichst du? Klär mich gefälligst auf!!

IRINA J. M. – AUGUST 04 – 19:52
Von Claudia, Timka – habe ich dir nicht von ihr erzählt? Waren eben zusammen joggen. Haben auch über dich geredet. Und über's Wetter (das hier ganz unanständig schwül ist). Und dabei entdeckt, dass wir ...
  Entschuldige, Claudia verbietet mir Details, sie ist eben aus dem Bad gekommen. Falls noch ein Zug fährt, darfst du vorbeikommen (sagt Claudia).
  Aber nein, du musst ja schreiben ...
  Hitzige Küsse von
  Claudia & Ira!

04/08/1999   20:01   ++41-1-272-48-87   S. 01
Ira, wie kannst du mir das antun? Was zum Teufel treibt ihr? Ach, Schande über dich, du Luder!

IRINA J. M. – AUGUST 04 – 20:24
Meine Rache für gestern, Timusch. Konzentrier dich auf deine Arbeit, wir konzentrieren uns auf uns ... (und das Faxgerät stecke ich bis morgen früh aus). Küsschen. Ir.

Fünfzehnte Nacht

Während Jeanne gleichzeitig packte, frühstückte und sich zu überwinden suchte, Ira zumindest eine kurze Notiz zu hinterlassen, fiel ihr plötzlich ein, dass Frédéric sie mit Alla Gromowas Dokumenten am Flughafen erwartete. So fuhren sie später als vereinbart, doch der Einzige, der sich darüber Gedanken machte, war Alexandras derzeitige Familienhoffnung René, ein schweigsamer, stets etwas überfordert wirkender Assistenzarzt, der Jeanne, noch bevor sie einstiegen, erklärte, weshalb es sinnlos, vermutlich sogar ökologisch bedenklich sei, in einem Fahrzeug mit Klimaanlage (er gebrauchte tatsächlich den Ausdruck Fahrzeug!) unterwegs die Fenster zu öffnen.

Die Fahrt verlief ohne Zwischenfälle. Alexandra lästerte über die überholenden Autofahrer und versuchte, René zu Vergeltungsakten anzustacheln, Jeanne spielte mit Aimée Fadenspiele, bevor Aimée erbrach, gleich danach einschlief und Jeanne sich still ihren Launen überliess. Sie genoss es, einen Tag ohne Bunins lebensuntaugliche Romangestalten zu verbringen, und dachte sich, den Kopf verträumt an die geschlossene Scheibe gelegt, mit boshaften Seitenhieben gespickte Briefe aus, die sie Ira hätte zurücklassen wollen.

Die Tage in der Iroise waren herrlich. Sie bewohnten den einzigen fertiggestellten Hausteil einer ohnehin zwergenhaft dimensionierten Feriensiedlung, deren Bauherr (einer von Alexandras unzähligen Onkeln), sich verkalkuliert und, radikal wie alle Verwandten Alexandras, ohne langes Fackeln durch den Kopf geschossen hatte.

Die Zeit verging schlicht, fast eintönig, so wie Jeanne es sich ausgemalt hatte: Sie sass im dünnen Schatten einer vom Wind gebeutelten, bis zur Unkenntlichkeit verkrüppelten Zuchtpalme und übersetzte mit gleichmütiger Regelmässigkeit »Arsenjews Leben« ins Französische, daneben skizzierte sie mit Hilfe der von Ira besorgten Unterlagen ungeordnete Gedanken zu einer vergleichenden Biografie Bunins und Tschechows. Sie planschte mit Aimée, baute Sandburgen, versorgte den kleinen, wehleidigen Körper mit Sonnenöl und Streicheleinheiten, um Alexandra und René Gelegenheit zu ihrem alltäglichen beziehungsklärenden Spaziergang die Klippen entlang zu geben. Nachmittags radelten Alexandra und sie nach Crozon, wo sie kaufwütig die Stände und Regale leerten, um, während René das Kind verköstigte und in den Schlaf sang, den Abend mit immer aufwendigeren und riskanteren Kochexperimenten totzuschlagen. Selten hatten sie vor Mitternacht etwas Essbares vorzuweisen, und nachdem René noch das Geschirr gespült hatte, hörte Jeanne für kurze Zeit Alexandras Stöhnen aus dem Nebenzimmer und wartete auf Renés den Akt abschliessenden Triumphschrei, danach wurde es still. Jeanne lag mit offenen Augen auf dem Rücken, betrachtete das schimmernde Moskitonetz über sich und genoss die Trauer, die das gewalttätige Tosen des Windes und der Wellen ihr in Stössen unter die Haut jagten, bevor sie (ihr schien, das erste Mal seit Jahren) in einen kindlich tiefen, traumlosen Schlaf fiel.

Sie hätte nichts dagegen gehabt, den Rest ihrer Tage in dieser unangestrengten Routine zu verbringen. Doch eines Abends kamen die beiden Frauen auf die wenigen Männer zu sprechen, die sie, ohne zu schummeln, als wirkliche Freunde bezeichnen würden, dabei fiel Jeanne ein, dass Jean-Ives mittlerweile in Paris eingetroffen sein musste. Noch in der Nacht fuhr sie nach Crozon, um ihm eine Nachricht zu senden, am Mittag des nächsten Tages kam Jean-Ives den Strand entlangspaziert, lachend wie immer, in seinen ewig gleichen farblos hellen Baumwollpullover gekleidet, in Begleitung eines statuenhaften, tief gebräunten, schwarzhaarigen, grünäugigen, unendlich verschwiegenen Jungen von nicht viel mehr als zwanzig Jahren, und brachte unverzüglich die ganze beschauliche Ferienordnung durcheinander.

Jeanne, einige Jahre jünger als er, war mit vierzehn unter seine Fittiche geraten, in seiner vorpreschenden Art hatte er sie bereits an ihrem zweiten Tag an der École Normale Supérieure zur Cola eingeladen, der Übergang vom Freund zum Liebhaber erfolgte fliessend und ohne grössere Umwälzungen. Ebenso unkompliziert trennten sie sich, als Jeanne acht Jahre später beschloss, nach Moskau zurückzukehren; seither waren sie beste Freunde, und wenn sie sich alle ein, zwei Jahre sahen, genügte ein Blick, danach wussten sie, dass sie sich verstanden wie immer, und gleich vertaten sie die Zeit mit allerhand unnützem Geschäker und Klatsch, als hätten sie sich für kaum ein paar Tage aus den Augen verloren.

Jean-Ives war der Mensch in Jeannes Leben, dem sie anvertraute, was immer sie überhaupt einem lebenden Wesen anvertraute (und sie rechnete es Ira hoch an, dass er nie versucht hatte, Jean-Ives diese Rolle zu rauben). Ihre verzweifeltsten, unlösbarsten Probleme besprach sie mit ihm, nie ohne Gelächter und gegenseitigen Spott. Jean-Ives verweigerte zuverlässig jeden vernünftigen Rat, doch allein die Leichtigkeit ihres Gesprächs genügte, damit sie zu einer Lösung fand. War er es allerdings, der in Schwierigkeiten steckte, verlangte er unbedingt und händeringend nach möglichst konkreten Weisungen, zerpflückte sie sofort nach allen Regeln der Kunst, bis nurmehr ein einziger gangbarer Weg übrig blieb – niemals der, den Jeanne vorgeschlagen hatte –, doch an diesen Weg hielt er sich und war ihr unendlich dankbar.

Jeanne verstand sich mit ihm schlafwandlerisch, sie wusste aber auch, dass Jean-Ives eine Gefahr für jede Gesellschaft darstellte. Er war Architekt, und als Architekt hatte er die Angewohnheit, was immer ihm begegnete, Gebäude ebenso wie Firmenstrukturen, Beziehungen oder die psychische Konstitution einzelner Menschen, unverzüglich auf ihre statischen Gesetze abzuklopfen, anschliessend erprobte er mit verspieltem Leichtsinn Alternativen. Er hatte eine erschreckende Begabung, mit wenigen Worten, mit ein, zwei spielerischen Fragen oder einem beiläufigen Scherz, wunde Punkte blosszulegen, und was er anfasste, war akut einsturzgefährdet (wobei er jedes Mal versicherte, die ohnehin drohende Katastrofe nur gesteuert abgewickelt und damit in ihrem zerstörerischen Potential vermindert zu haben). Nachdem er eingetroffen war, vergingen keine zwanzig Stunden, und René reiste wortlos ab.

Vorausgegangen war ein vergnügtes Abendessen, das Jean-Ives mit einem interessierten Verhör zu Renés Arbeit in der chirurgischen Abteilung des Hôpital Bichat Claude Bernard eröffnet hatte, bevor er unglücklicherweise zuliess, dass die ausgelassenen Frauen ihn anstachelten, einige Anekdoten eines befreundeten Arztes zum Besten zu geben. René offenbarte unverzüglich seine Grenzen: lachen mochte er nicht, Jean-Ives entgegenzusetzen hatte er auch nichts. Ohne dass es jemand beabsichtigt hatte, stand er, kaum machte er den Mund auf, als Spielverderber da, und es blieb ihnen schliesslich keine andere Wahl, als das Thema zu wechseln. Jean-Ives besorgte das galant und beiläufig, mit grossem Vergnügen würdigte er den kulinarischen Wagemut der Frauen (und verführte Alexandra mehr noch mit seinen Küchenkenntnissen als mit seinem unbekümmerten Charme und gnadenlosen Witz). Den Rest des Abends verbrachten sie, indem sie Küchenlatein und Grossmutterrezepte austauschten, bis Jean-Ives in seinem Übermut das (Jeanne mochte schwören: gezielt deplatzierte) Versprechen abgab, gemeinsam mit Raoul anderntags einen altgriechischen, ausgesprochen aphrodisisch wirkenden Rochenauflauf zu fabrizieren, den er (da sie neben Aimée und ihrem Bär Boubou das einzig anwesende Paar seien) Alexandra und René widmen wollte.

Raoul hatte übrigens, nicht anders als René, bis auf einige beiläufige Zwei-Wort-Sätze geschwiegen; seine Schönheit machte jedoch jede Begründung seiner Anwesenheit überflüssig. Jetzt erfuhren die Freunde, dass er Jean-Ives Angestellter war (und, wie bei Jean-Ives nicht anders denkbar, mehr sein Freund als sein Angestellter), dazu nicht lediglich ein gottbegnadeter Hochbauzeichner, sondern als Marseillais und Sohn eines Fischers auch ein unübertroffener Fischkoch (ein Urteil, das Raoul über sich ergehen liess, ohne eine Regung zu zeigen).

René dagegen hatte sich immer wieder gutwillig um Geselligkeit bemüht, doch nie den richtigen Ton gefunden, und irgendwann damit abgefunden, zu schweigen. Hin und wieder – als offensichtlich wurde, dass Alexandra mehr als nur höfliches Interesse an Jean-Ives zeigte – versuchte er, seine Ansprüche körperlich geltend zu machen, er legte mehrmals wie selbstverständlich seine Hand auf ihren Arm, in gut gespielter Achtlosigkeit befreite Alexandra sich stets bald wieder. Erst nachdem Jean-Ives sein lasives Kochangebot gemacht hatte, zeigte er etwas Entschlossenheit, stand unangekündigt auf, um mit dem Abwasch zu beginnen, und lehnte Jean-Ives und Raouls Hilfe bestimmt ab. Gebeten, ihn nicht bei seiner Arbeit zu behindern, beschlossen die Freunde, noch etwas spazieren zu gehen.

Im wechselnden Licht der Leuchttürme und des umwölkten Mondes bummelten sie den Strand entlang, Jeanne und Jean-Ives erzählten einander in ihrem üblichen scherzhaften Stenogrammstil, was sich privat und beruflich seit ihrer letzten Begegnung getan hatte. Alexandra versuchte vergeblich, mit Raoul so etwas wie eine Unterhaltung zustande zu bringen, und irgendwann sagte Jeanne gutmütig zu Jean-Ives: »Geh doch mal etwas mit Alexandra.« Danach wartete sie, bis Raoul, der etwas zurückgeblieben war, sie erreichte, um an seiner Seite weiterzugehen. Sie sprachen nicht. Ab und zu hoben sie eine Muschel auf und drehten sie eine Weile in den Fingern, und Jeanne genoss es unermesslich, an der Seite eines Mannes zu gehen, der einfach nur schwieg.

Als sie zurückkamen, war Alexandra bereits wieder im Haus. Jean-Ives hatte unter der Tür gewartet, um Jeanne auf ein letztes Glas Wein abzufangen, Raoul setzte sich auf einen Stein, um den Sand aus den Schuhen zu schütteln, dabei verlor sich sein Blick in der funkelnden Gischt, und wie träumend blieb er, nachdem die anderen ins Haus getreten waren, in der Dunkelheit zurück. Jeanne ging noch eben in ihr Zimmer, um einen Pullover zu holen, aus dem Badezimmer hörte sie einen kurzen, scharfen Wortwechsel, von dem sie nur Alexandras unzimperlichen Abschluss verstand: »Wenn dir das alles zuwider ist, dann verpiss dich doch!«

Beim Frühstück leistete René der Runde (obwohl er bereits mit Aimée gegessen hatte) wie gewohnt Gesellschaft. Er schwieg freundlich und aufmerksam, danach schloss er sich Jean-Ives und Raoul an, und sie schwammen in die Bucht hinaus. Als er wiederkam, wirkte er gelöster als all die Tage davor; er packte seine Sachen, grüsste reihum und stieg ohne weitere Erklärung ins Auto – und Jean-Ives erzählte, Renés einzige Sorge sei gewesen, wie Alexandra und Aimée ohne Wagen wieder nach Paris kämen. Als Raoul ihm versichert hatte, in seinem Auto sei genügend Platz für alle, hatte er ihnen von Mann zu Männern erleichtert die Hand gereicht, hatte darum gebeten, dass sie Alexandra und die Kleine wohlbehalten nach Hause brächten, und hatte sich verabschiedet.

IRINA J. M. – AUGUST 05 – 17:20
Timka, я хочу извиниться за вчерашний вечер: Claudia ist eine gute Freundin, mehr ist da nicht. Wollte dich nur etwas ärgern, fühle mich in den letzten Tagen wie Dunja im ersten Brief, leer und sehnsüchtig und ganz unanständig lüstern. Deinem Text hat es nicht geschadet, habe ihn mit Vergnügen gelesen. (Und mit Claudia habe ich übrigens über deine Belohnung gesprochen ...)

Manchmal ist es hart, dieses Spiel weiterzuspielen, ich möchte dich sehen, nicht nur von dir lesen. Ich weiss, die Regeln – aber das ist ein unglücklicher Sommer, so ohne dich, ohne Berührungen, ohne Nächte wie unsere erste.

–

Ach, bin heute einfach fürchterlich sentimental. Schreibst du mir bitte etwas ganz schrecklich Schönes, Kitschiges, mit viel Meeresbrandung, das mich über diese leeren Wochen hinwegtröstet? Meine Dankbarkeit wird grenzenlos sein ...

Ich herze dich, in Gedanken, doch um so heftiger. Irenka.

Sechzehnte Nacht

Nachdem René abgereist war, entführte Jean-Ives als erstes Aimée zu einem Spaziergang; eine halbe Stunde später hatte er sie einer irischen Familie mit einer unüberblickbaren Herde rotblonder Kinder, Katzen und Karnickel verkuppelt, die fünfhundert Meter strandabwärts in einer Wohnwagenfestung kampierte. Den übrigen Tag – und alle weiteren – verbrachten Alexandra und er damit, einander die Seele aus dem Leib zu vögeln, während Jeanne sich, glücklich in ihrer Bedürfnislosigkeit, wieder Bunin und Tschechow zuwandte und hin und wieder einen gedankenverlorenen Blick auf Raoul ruhen liess, der, wenn er nicht nach Muscheln tauchte, auf einer Klippe sass, ein geschlossenes Buch in den Händen, und unbewegt wie eine Katze in die Brandung sah. Irgendwann stellte sie fest, dass sie ihn liebevoll wie einen Bruder betrachtete. Ausser über Jean-Ives verband sie keine gemeinsame Geschichte, was Raoul und sie teilten, war ihre Liebe zum Schweigen, zu den leeren, abwartenden Stunden des späten Morgens und zur Rauheit, Nacktheit und Unverstelltheit der Atlantikküste.

Eines Morgens, nachdem Aimée sich von den Frauen in einem zweistündigen Kampf hatte die Haare waschen lassen und endlich trotzig erhobenen Hauptes an Jean-Ives' Hand zu ihren irischen Tageseltern marschiert war, setzte Alexandra sich zu Jeanne vors Haus, lehnte den Rücken gegen den verkrümmten Stamm der Palme und fragte bekümmert: »Glaubst du, ich kümmere mich zu wenig um sie?«

»Nein, wieso«, sagte Jeanne, ohne viel nachzudenken, und beendete noch schnell einen Satz. »Sie ist doch glücklich. Endlich hat sie mal jede Menge Kinder um sich herum. Ausserdem wird sie sich nie Vorwürfe machen müssen, was du ihretwegen alles versäumt hast.«

Alexandra lachte. »Das bestimmt nicht.« Eine Weile sah sie schweigend zu, wie Jeanne das Wörterbuch durchblätterte. Dann sagte sie: »Ich bin manchmal neidisch, wie du mit der Kleinen umgehst.«

»Ich?« Jeanne sah sie überrascht an, dann lächelte sie unsicher. »Ich habe immer den Eindruck, ich bin völlig verkrampft.«

»Quatsch«, sagte Alexandra, es klang mehr wie eine Verordnung als wie ein Kommentar. »Du machst das so … so leichthin, so ohne Nachdenken. Ich zerbreche mir andauernd den Kopf, was ich dem Kind alles nicht geben kann. Meist habe ich das Gefühl, ich quäle es nur.«

»Das ist normal«, erklärte Jeanne, die keine Ahnung hatte, wovon sie sprach. »Du hast ein schlechtes Gewissen, weil François und du euch getrennt habt.«

»Wenn es nur das wäre!« Alexandra verwarf die Hände und knickte dabei gefährlich die Palme. »Ich habe ein schlechtes Gewissen, weil ich nicht mehr mit ihrem Vater zusammen lebe, ich habe ein schlechtes Gewissen, wenn ich mit einem anderen etwas habe, ich habe ein schlechtes Gewissen, wenn ich einen Mann wieder sausen lasse, anstatt ihn zu heiraten; ich habe andauernd ein schlechtes Gewissen!«

»Wer so blöd ist«, sagte Jeanne, »dem kann man sowieso nichts raten.«

»Dann geh ich wieder vögeln«, sagte Alexandra resigniert und stand auf.

Jeanne suchte nach der Anschlussstelle im Text. »Ja, geh mal«, sagte sie unaufmerksam.

Doch Alexandra blieb auf dem Treppenabsatz stehen. »Kein bisschen eifersüchtig?« fragte sie mit schräggestelltem Kopf.

Jeanne lachte überrascht. »Geh schon vögeln. Ich habe es herrlich.« Sie fing die Aprikose auf, die Alexandra ihr zuwarf, biss hinein und konzentrierte sich wieder auf Bunin.

Von da an begann sie sich Gedanken zu machen, ob sie in der Lage wäre, Mutter eines Kindes zu sein. Sogleich stellte sie fest, dass sie Aimée anders begegnete, zärtlicher, doch auch sachlicher, und fragte sich, ob das jetzt mütterlich sei. Sie ging den Gefühlen nach, die sie empfand, wenn Aimée in ihren Armen eindöste oder ihr Orangensaft über das Bein kippte, und überprüfte sich auf die vielgerühmte Mutterliebe.

Dann wieder lag sie neben Raoul am Strand, fühlte sich frei, auf junge Art erwachsen und geborgen in ihrem Körper, sah durch die geschlossenen Lider ins Sonnenlicht und hörte zu, wie Raoul angestrengt murmelnd das Architektur-Buch durcharbeitete, das Jean-Ives ihm verordnet hatte.

Sie fuhren jetzt öfter gemeinsam einkaufen, auch dabei fielen nicht mehr als einige planende Sätze, danach ergänzten sie einander wortlos in ihren Griffen in die Regale. Zuvor hatten sie Aimée nach Hause geholt; der tägliche stille Spaziergang den von der tiefstehenden Sonne nur noch leicht gewärmten Strand entlang, zur Wagenburg der Iren, von Raoul immer durch zwei Schritte getrennt, wurde für Jeanne zu einer ihrer Lieblingsunternehmungen. Auf dem Rückweg rannten sie mit Aimée um die Wette, und ab und zu blieb Raoul vor einer Stelle im Sand stehen, in der Aimée und Jeanne nichts erkannten als ein unbedeutendes Grübchen, und sie sahen zu, wie er den nackten Fuss in den Sand grub und behutsam mit den Zehen eine grosse, glänzende Muschel an die Oberfläche hob. Bald schon wusste Aimée, was sie erwartete, wenn Raoul sie rief, und bohrte ungeduldig beide Arme in den nassen Sand. Erst die letzten Meter des Weges vom Strand zum Haus hinauf spielte sie regelmässig die Müde, schlang ihre rotgebrannten Arme um Raouls unbekleideten, glänzend bronzefarbenen Oberkörper, liess sich tragen und präsentierte Raoul stolz als ihren Liebhaber.

Und immer wieder legten Jeanne und Raoul sich, sobald sie vom Einkauf zurückgekehrt waren, in einiger Entfernung voneinander in eine sandgefüllte Kuhle in den Klippen über dem Meer, auf ihre Ellbogen gestützt, den Blick auf den Horizont gerichtet, und fühlten genüsslich, wie unter dem gleichförmigen Reissen der Brandung die Hektik des Städtchens von ihnen abfiel. Wehmütig sahen sie zu, wie Himmel und Meer dunkler wurden und die letzten roten Dunststreifen ins Graue verblassten, bevor sie von der Dunkelheit geschluckt wurden. Ab und zu warf Jeanne einen kurzen Blick auf Raouls Körper, der in seiner glatten Ebenmässigkeit die Undurchdringlichkeit und Einsamkeit der Iroise zu haben schien, dann vergass sie sich, begann unverhohlen seine grünen Augen zu mustern und bestaunte seine Schönheit, wie man die Schönheit des Meeres bestaunt, in Sehnsucht und Verlorenheit und ohne jede Begierde.

Erst wenn der Himmel dunkel leuchtete wie Apothekerglas, wandte sie ihren Blick von ihm ab und legte sich auf den Rücken. Raoul tat es ihr nach, und sie beobachteten die Sterne, die sie nie kommen sahen, obwohl ihre Zahl fortwährend zunahm, und Jeanne fühlte, wie der Wind vom Meer her heftiger wurde und ihr schwer, dabei weich von Salz, zwischen die Schenkel und in die Höhlungen an ihrem Nacken fuhr.

Meist trug sie ein leichtes, geblümtes, sommergelbes Kleid, das sie überstreifte, wenn sie vom Baden kam und sich zum Einkaufen bereit machte. Eines Nachmittags, nachdem Aimée sie noch mit einigen Erlebnissen aufgehalten hatte, die ganz furchtbar dringend erzählt sein mussten, versäumte sie in der Eile, sich Wäsche anzuziehen; und als sie abends zwischen den Klippen die schmerzliche Sehnsucht nicht mehr ertrug, die Raouls mit dem schwindenden Licht des Himmels immer dunkler und eherner und lebloser werdender Körper in ihr weckte, schob sie, nachdem sie eine Weile auf dem Rücken gelegen und die Nacht betrachtet hatte, in einer natürlichen, fast sachlichen Bewegung ohne jede Koketterie den Kleidsaum bis knapp über ihre Scham und sagte, ohne den Blick von den Sternen zu lassen: »Komm.« Und mit derselben selbstverständlichen Ruhe kauerte Raoul zwischen ihre Beine, schob die schmale Badehose eine Handbreit über die Schenkel hinab und drang in sie ein.

Jeanne lag da und sah zu, wie der Sternenhimmel dichter und strahlender wurde. Sie fühlte Raouls Körper gegen ihre Schenkel und ihre Bauchdecke stossen, diesen Köper, der so verschlossen war in seiner fast metallen glänzenden Oberfläche und so klar in seiner Form und dermassen schön, dass ihr in keinem Augenblick der Gedanke an etwas Verbotenes oder auch nur Unanständiges kam; sie spürte seinen Atem an ihrem Hals und roch den Wind und fühlte, wie sein Glied ruhig, in einer Bewegung mit den Stössen der Wellen und der über ihre Gesichter sprühenden Gischt, ihre Vulva durchdrang und gegen den Gebärmuttermund stiess. Beiläufig dachte sie: »Wir sind wie Tiere«, dabei dachte sie nicht an Affen, eher an Delphine, und mit der Gleichförmigkeit seiner Stösse wuchs ihre Lust und ihre Einsamkeit. Sie nahm sein Zögern wahr, als er den Orgasmus kommen fühlte, legte ihre Hände an seine Arschbacken und stiess ihn sanft weiter in sich, sie machte sich keine Gedanken, sie genoss seine Lust –

und als sie endlich den aus seiner Tiefe empor strömenden Luftstoss hinter ihrem Ohr spürte, war es ihr, als schlafe sie mit dem Meer, mit dem Wind, und sie kam in langen, gleichmässigen Wellen, während sie an eine ans Riff geklammerte Koralle dachte, an der die Strömung reisst, und grub ihre Nägel tief unter die Haut seiner Schultern.

IRINA J. M. – AUGUST 06 – 18:40
Wie leichtfertig! Wunderbar, Timka, genau, was ich brauchte! Natürlich viel zu kurz.

Aber bevor ich der Versuchung erliege, dich um eine Fortsetzung zu bitten, und das Buch zum Groschenroman wird: Wie geht es Ira? (Ich wünschte ihm, er fände auch etwas zu geniessen.)

P.S. Habe dir Nabokovs »Maschenka« geschickt, aus einer Laune heraus (hatte dir davon erzählt). Brauchst es nicht zu lesen, es reicht mir, wenn es in deinem Regal steht und dich die nächsten Jahrzehnte ab und zu an eine zwischen Anmassung und Sehnsucht irisierende Russin erinnert. (Schön gesagt, nicht?)
Deine Irka.

Siebzehnte Nacht

Bevor Ira nach seiner Ankunft die Wohnung betrat, hatte er zwei Stunden mühevoller Selbstsuggestion aufgewendet, um seine Laune soweit zu bessern, dass er Dunja unbeschwert in die Arme nehmen konnte.

Noch als das Flugzeug in Paris landete, war er einfach nur froh gewesen, dass sie ihn nicht am Flughafen erwartete. Nach einer unplanmässigen Zwischenlandung war der Flug um drei Stunden verspätet, er hatte den halben Tag in einem Sessel verbracht, der gedemütigten, kleinwüchsigen, in sich verkrochenen japanischen Angestellten angemessen sein mochte, keinesfalls aber einem stolzen, raumgreifenden, mit langen Gliedern ausgestatteten Russen. Dazu lebte ein unmanierlich essender, unter dem Rauchverbot leidender Mittvierziger seine über die Jahre angestauten Aggressionen aus, indem er ihn hartnäckig mit den Bekümmernissen eines unbedeutenden französischen Wirtschaftsministeriellen langweilte ...

Vor allem aber hatte ihm der Transport der »enthaupteten Monarchen« endlose Scherereien verursacht. Er war davon ausgegangen, die Skulptur gegen ein entsprechendes Trinkgeld als normales Fluggepäck deklarieren zu können, doch die Zollbeamten demonstrierten mit geradezu unverschämter Unbestechlichkeit, dass Russland westlichen Standard anstrebt, liessen ihn auch noch Formulare ausfüllen, die ihm in Frankreich eine Unmenge Steuern bescheren konnten – und endlich weigerte sich die Fluggesellschaft, das Kunstwerk ohne Container zu transportieren, der Transport im Container kostete wiederum mehr, als er für die Skulptur bezahlt hatte. Nach Abwägung aller Übel (und nachdem er seine Enttäuschung darüber verarbeitet hatte, Dunja seine Eroberung nicht gleich bei seiner

Ankunft vorführen zu können) entschied er sich für den Landweg. Danach stand er im überfüllten Büro eines Lastwagenunternehmens hinter einem Dutzend ihre Gereiztheit herausbrüllender Besitzer überdimensionierter Gepäckstücke während vierzig Minuten Schlange, um Vera Suks Skulptur einem Sammeltransport anzuvertrauen, der Moskau bestenfalls irgendwann im September verlassen würde.

So war Ira die Laune bereits verdorben gewesen, bevor das Flugzeug den Flughafen Scheremetjewo verliess, und noch während er mit schmerzenden Füssen das Gepäck die Treppe zur Wohnung hinauf trug, war er sich nicht sicher, ob er einem Wiedersehen mit Dunja nicht ein kühles, schweigsames Bad und zwei, drei Flaschen Bier vorzöge.

Nachdem er erfolglos geklingelt hatte, grub er in den Taschen nach dem Schlüssel und schloss selber auf. Als erstes roch er die abgestandene, überhitzte Luft einer verlassenen Wohnung, bevor sein Blick auf die Briefe fiel, die er Dunja seit ihrem Telefonat geschickt hatte und die ungelesen in einer losen Rolle aus dem Faxgerät hingen. Er stellte die Taschen achtlos auf den Boden, durchstreifte die Wohnung in der natürlichen Erwartung, irgendwo Dunjas Nachricht zu finden, danach suchte er mehrmals das Papierband mit den Faxen ab – doch erst, als es Mitternacht wurde, er zu Bett gehen wollte und im Bad entdeckte, dass Dunja ihre meisten Kosmetikartikel mitgenommen hatte, begann er sich einsam zu fühlen.

Am anderen Morgen rief er als erstes Frédéric an. Der erzählte ihm in seiner üblichen, etwas weltfremden Art, dass Dunja, als sie ihn am Flughafen getroffen und die vereinbarten Papiere entgegen genommen hatte, ruhig, fast engelhaft beseelt gewirkt habe; dass sie verreisen wollte, hatte sie ihm nicht gesagt. In den kommenden Stunden erkundigte Ira sich bei allen Freunden und Bekannten, selbst Dunjas Vater rief er in seiner Ratlosigkeit an. Um den befürchteten spitzen Bemerkungen auszuweichen, erwähnte er Dunjas Abwesenheit nicht, sagte nur, er wolle sich nochmals vergewissern, welche Woche Dunjas Vater in Paris zu verbringen beabsichtige, und wartete ab, ob er den üblichen Gruss an Dunja erhielt. Er erhielt ihn, demnach war sie auch nicht in Moskau, und während er den Hörer auflegte, begriff Ira, dass sie ihn verlassen hatte.

Für die nächsten Tage sagte er alle Termine ab und strich ziellos durch die Wohnung. Irgendwann warf er den vertrockneten Basilikumstock vom Dach herab auf den Balkon des Nachbarhauses, überhaupt brachte er die Wohnung in eine so penible wie unüberlegte Ordnung. Die meiste Zeit allerdings sass er auf einer Kante des Küchentischs, in vorläufiger Haltung, als wolle er sich sogleich wieder erheben, und versuchte zu verstehen, was in Dunja vorgegangen sein musste. Dazwischen stürzte er hin und wieder unvermittelt ins Schlafzimmer, warf sich aufs Bett und weinte in Dunjas Laken, suchte darin nach dem leicht abgestandenen, vertrauten Duft ihres Körpers, roch nichts, stand auf und ging ins Bad, um sich in eines ihrer Schminktüchlein zu schneuzen, bevor er sich wieder aufs Bett warf, weiterweinen wollte und feststellte, dass seine Tränen versiegt waren. So drehte er sich auf den Rücken, betrachtete die durch die Läden an die Wände geworfenen Lichtstreifen, lauschte tränenmüde den wenigen, sommerlich nachlässigen Geräuschen, die von der Strasse herauf klangen, und fühlte sich mit einem Mal leicht, leer und in seiner Einsamkeit eigenartig zuversichtlich.

Und ganz allmählich, nachdem unzählige Bilder ihrer gemeinsam verbrachten Zeit durch seinen Kopf gezogen waren, formte sich in Ira das Bild einer neuen Dunja, begriff er, wie sehr er sich immer wieder in ihr geirrt hatte. Bereits die Tatsache, dass sie ihn verlassen hatte, hatte das in letzter Zeit in ihm verankerte Bild einer kindlichen, etwas hilflosen, unglücklich entwurzelten Dunja unsinnig werden lassen. Als die Frau, die ihn verlassen hatte, begann er sie wieder stark zu sehen, überlegt, entschlossen, so viel entschlossener, als er selber war – vieles sah er, was er zuvor bereits gesehen hatte, doch sie hatte ihn verlassen, und damit änderte alles seine Bedeutung. All die vielen Zeichen, die er über die Jahre in ihr gelesen und nach denen er gehandelt, sie beurteilt, seine Pflichten ihr gegenüber aufgefasst hatte, begriff er neu, er sah Dunja wieder mit einer Fremdheit, die ihn fesselte und erregte.

Als er schliesslich das Papier aus dem Faxgerät riss und begann, seine eigenen Briefe zu lesen, erschrak er über seinen Ton. Er erschrak nicht nur, er schämte sich, er musste sich zwingen, weiter zu lesen, er hatte nicht geahnt, wie deutlich er seine Erwartungen an ihr Verhalten formuliert hatte. Erst wunderte er sich, dass sie sich nicht schon eher gewehrt hatte, dann fiel ihm ein, das sie es sehr wohl getan hatte: von Anfang an hatte sie ihm klarzumachen versucht, wer sie war und wie sie gesehen werden wollte – doch in seiner Blindheit hatte er selbst ihre Versuche, sich gegen seine Voreingenommenheit aufzulehnen, noch in das Bildnis eingepasst, zu dem er sie stilisiert hatte. Sein rhetorisches Geschick hatte es ihm ermöglicht, es unter den sonderbarsten Verrenkungen zu modifizieren, ohne es in seinen Grundzügen in Frage zu stellen. So war Dunjas Bildnis immer komplizierter geworden, immer verworrener, doch Frauen sind schliesslich komplizierte Wesen, lest Nabokov! lest Tschechow! – es war ihm schlicht nicht eingefallen, dass er sich in Dunja irren könnte.

Allerdings stiegen auch jetzt Erinnerungen in ihm auf, Sätze, Blicke, Gesten, die nicht zu dem neuen Bild passen wollten, die sich nur mit der alten Dunja in Einklang bringen liessen. Gleich las er ihre Briefe wieder, rekonstruierte zum hundertsten Mal ihr letztes Telefonat und stellte verzweifelt fest, dass die *neue* Dunja ein Geschöpf seiner Fantasie war, dass Dunja vor ihm tatsächlich die Rolle des unselbständigen, auf seine Hilfe zählenden, mit seiner Unverantwortlichkeit kokettierenden Mädchens gespielt hatte –

So stritten zwei unvereinbare Vorstellungen um Dunjas Namen, und je nachdem, welche Ira gerade die wahre, die gültige zu sein schien, änderte sich sein Gemütszustand. Er schwankte zwischen Gewissensbissen und Verständnis, Mitleid und Bewunderung. Einmal sehnte er sich danach, Dunja in den Arm zu nehmen, mit ihr zu weinen und aus ihrer gemeinsamen Trauer eine neue Beziehung errichten. Dann wieder sah er sich, wie er in einem Café auf sie wartete, sie sassen einander gefasst gegenüber, erwachsene, starke, auf ihre Kraft vertrauende Menschen … In solchen Momenten führte er in Gedanken ihre Gespräche: Gespräche, geboren aus einer vernünftigen, selbstlosen, gleichzeitig sich selbst treuen Zuneigung, Gespräche, die unterschiedlich ausgingen: einmal trennten sie sich in Freundschaft, liessen einander ziehen, damit sie beide ihren Weg nicht verlören, dann wieder entdeckten sie über das Gespräch ihre Gefühle neu, entwarfen eine Liebe in Freiheit, eine rücksichtsvolle, weitdenkende Liebe, und entschieden sich, gemeinsam, Rükken an Rücken, frei denkend das Leben zu begehen –

Er lebte seit einer Woche mit dem Gedanken an ihre Trennung, glaubte, das Schlimmste überstanden zu haben und hatte erstmals wieder für ein paar Stunden das Büro aufgesucht, noch keine Gespräche geführt, doch wenigstens die dringendste Korrespondenz erledigt, als er am Abend unter Dunjas schmutziger Wäsche jenes Fax fand, in dem er Dunja vorschlug, was sie mit Ewa in einer warmen Pariser Nacht unternehmen könnte. Mit wachsender Fassungslosigkeit las er, was er geschrieben hatte. Über seine lächerlich scherzhafte Beschreibung der beiden koketten Mädchen auf dem Dach schüttelte er nur den Kopf – doch welcher Narr hatte ihn geritten, dass er Dunja gebeten hatte, Ewa auszuführen und gemeinsam mit ihr den Männern die Köpfe zu verdrehen?

Mit einem Schlag begriff er die ganze, kalte, grausame Wahrheit. Oh, wie blind, wie naiv war er die ganze Zeit über gewesen! Ja, hatte er wirklich geglaubt, Dunja habe bei ihrem letzten Telefongespräch, als sie versuchte, ihn mit ihren kleinen Anzüglichkeiten sexuell zu erregen, eine liebevolle Neckerei im Sinn gehabt? Hatte er allen Ernstes angenommen, sie habe Ewa nur aus einem belanglosen Scherz heraus ans Telefon gerufen? Wie hatte er jemals glauben können, er sei ein Mitspieler in ihrem Spiel? Wie zum Teufel hatte er so blind sein können, nicht zu begreifen, dass er die ganze Zeit nichts weiter als der Spielball dieser beiden Furien gewesen war! Mit einem Mal stand für ihn fest, dass Dunja und Ewa ihm ein liebevolles Einverständnis bloss vorgegaukelt hatten, um sich über ihn zu amüsieren, ihn in seiner verblendeten Männlichkeit blosszustellen (und er gab offen zu: die Eitelkeit seines Briefes gab ihnen Recht).

Nun war ihm auch klar: Dunja konnte nur bei Ewa sein. Sie hatten gemeinsam beschlossen, ihn zu strafen, aus welcher unseligen Verschwesterung heraus auch immer, sie hatten ihn gemeinsam gelockt und verlassen! Was dahinter steckte, konnte er dennoch nicht begreifen. War es Ewa, die Dunja dazu gebracht hatte, ihn zu verlassen? Doch wie? Hatte sie sie über ihre frühere Beziehung (es *war* keine Beziehung!) belogen? Doch weshalb, was hätte sie davon? Liebte sie ihn, wollte sie ihn gewaltsam von Dunja trennen? (Wenn Ewa auf diese Weise seine Liebe gewinnen wollte, hatte sie aber einen reichlich lächerlichen Weg gewählt, und mehr noch keinen eben effektiven.)

Oder hatte Dunja schon länger vorgehabt, ihn zu verlassen, es ohne Ewas Hilfe jedoch nicht geschafft?

Hatten Dunja und Ewa eine Affäre?

Hatte am Ende erst sein Fax, hatten seine Fantasien weiblicher Zärtlichkeit sie einander in die Arme getrieben ...?

Natürlich war Ira bewusst, wie lächerlich seine Erklärungsversuche sich ausnahmen, keiner von ihnen war auch nur halbwegs vorstellbar – und trotzdem fand er keine vernünftigeren. Fest stand: Dunja war bei Ewa in Schweden – die Frage, was sie dorthin geführt hatte, blieb schmerzlich offen. Und nachdem Ira sich eine Nacht lang den Kopf zerbrochen und seine unfassbare Blindheit verflucht hatte, wählte er gegen Morgen, leidlich betrunken, Ewas Nummer und verlangte Dunja zu sprechen.

»WEN willst du sprechen?« fragte Ewa entgeistert, nachdem sie einen Augenblick geschwiegen hatte.

Doch Ira hatte sich lange genug auf diesen Anruf vorbereitet und blieb gefasst. »Bitte hol Dunja ans Telefon«, sagte er ruhig. »Sag ihr, ich möchte mit ihr sprechen.«

»Aber Dunja ist nicht hier«, sagte Ewa nahezu tonlos.

Ira hatte Widerstand erwartet. In demselben ruhigem Ton, etwas langsamer, wiederholte er: »Ich möchte bitte mit Dunja sprechen, geh und hol sie. Wenn sie nicht mit mir sprechen will, soll sie mir das selber sagen.« Etwas angeekelt stellte er fest, dass seine Stimme etwas Heldenhaftes hatte.

Ewa schwieg wieder. Dann sagte sie angestrengt: »Ich hänge jetzt auf. Dunja ist nicht hier. Ich weiss nicht, wo sie ist. Ich habe sie, seit ich bei euch war, nicht gesehen.«

Sie hängte tatsächlich auf, doch Ira war sich dermassen sicher, dass sie log, dass er unbeirrt gleich wieder ihre Nummer wählte und, als Ewa nach achtzehnmaligem Klingeln (Ira hatte mitgezählt und die Zahl notiert, ohne zu wissen, zu welchem Nutzen) den Hörer abnahm, mit derselben aufgesetzten Gelassenheit fortfuhr: »Ich möchte mit Dunja sprechen. Ich weiss, dass sie bei dir ist, überlass es bitte uns, ob wir miteinander sprechen oder nicht.«

Ewa begann wortlos zu weinen und legte den Hörer zur Seite, doch noch immer begriff Ira nicht, was er tat. Nach einigen endlos dauernden Minuten nahm sie den Hörer wieder auf und sagte unter unterdrücktem Schluchzen: »Ira, es ist halb vier. Du tust mir weh. Ich verstehe das alles nicht, wieso sollte Dunja hier sein? Ich weiss, dass ich mich nicht richtig benommen habe, aber du kannst beruhigt sein, deine Frau hat sich schon genug dafür gerächt.« Und mit der verzweifelten Verständnislosigkeit eines Kindes fragte sie schliesslich: »Was für ein Spiel treibt ihr eigentlich mit mir?«

Ewas Reaktion passte nicht in sein Konzept, und Ira begriff, dass er irgend etwas übersehen haben musste. »Von welchem Spiel sprichst du?« fragte er hilflos, doch Ewa antwortete nicht mehr. Sie begann wieder zu schluchzen, dann schrie sie: »Ihr seid doch beide krank!«, und knallte den Hörer auf die Gabel.

Ihre Verzweiflung hatte Ira aus der Fassung gebracht. Lange Zeit sass er vor dem Telefon, verständnislos, erschüttert, er wagte nicht nochmals anzurufen. Noch eine halbe Stunde zuvor war er der Ansicht gewesen, er, und allein er, habe alles Recht zu leiden. Doch der Schmerz in Ewas Stimme erschien ihm derart ungeheuerlich, dass er sich verwirrt und von plötzlicher Zärtlichkeit erfüllt fragte, ob es irgend etwas auf der Welt gab, das eine solche Verzweiflung rechtfertigte.

IRINA J. M. – AUGUST 07 – 18:09
Timok, ach du mein Gott, was ziehst du über dein Geschlecht her! Ira, der arme lächerliche Mensch, erinnert mich ganz schön an jemanden (keine Bange, nicht an dich). Habt ihr Männer wirklich alle so fürchterlich zu leiden?!

Was ich nicht kapiere, Timuschka: Wieso reagiert Ewa so heftig? Überhaupt, sie scheint ein etwas gar komplexes Kind zu sein, nein?

Umarme mich!
Ira.

Achtzehnte Nacht

Als Ewa – beladen mit Unterrichtsmaterial, einigen Bildbänden und zwei viktorianischen Gutsherrenromanen, die die Bibliothekarin ihr auf ihre Bitte um anspruchsvolle Unterhaltung hin zugesteckt hatte – von der Strasse auf den Weg zu ihrem Häuschen einbog, sah sie auf den Stufen der Veranda in gebückter Haltung, eher nachdenklich als demütig, einen Mann sitzen, den sie, da sie sonst niemanden erwartete, nur für Sven halten konnte.

Seit sie aus Paris zurückgekehrt war, hatte sie ihn jeden Tag angerufen, auch einige Male aufs Band gesprochen, möglichst fröhlich, möglichst wenig verpflichtend, tatsächlich hatte sie nicht die Absicht, mehr zu ihm zu sagen als: »Zieh dich aus.« Sie hatte es dringend nötig, sich verwöhnen zu lassen, damit es ihr gelang, dieses Paris aus ihrem Gedächtnis zu streichen, den Nachmittag in Iras Wohnung, an den sie nicht denken konnte, ohne dass Übelkeit in ihr aufstieg, all die hilflos vertanen Tage danach, in denen sie durch die Galerien geirrt war und immer nur Wut, Demütigung und Verzweiflung gefühlt hatte. Dankbar hatte sie nach ihrer Rückkehr das morsche Gartentor aufgetreten, sich ausgezogen und gleich ihre Kleider in allen Zimmern verstreut, dann hatte sie den an ihr haftenden Pariser Dreck mit einer ausgedehnten Dusche in den Ablauf gespült und Alanis Morisette aufgedreht, um bis zur Erschöpfung durch das Haus zu tanzen. Danach hatte sie beschlossen, es sich für die weiteren Ferien, koste es, was es wolle, nur noch gut gehen zu lassen.

Dass dazu Sex gehörte, war ihr in diesem Augenblick eine Selbstverständlichkeit, auf die sie weniger Gedanken verschwendete als auf die Überlegung, ob die Vorräte noch fürs Abendessen reichten oder ob sie, müde, wie sie war, nochmals ins Städtchen laufen sollte; der erste Anruf an Sven war deshalb eine Formsache, die sie noch am selben Abend zwischen zwei Waschgängen erledigte. Erst als er nicht zurückrief und sie sich einzureden versuchte, er sei nur verreist, fühlte sie die Unsicherheit (von der sie angenommen hatte, sie schwimme längst in einem Klümpchen Pariser Staub die Svärdsjöer Kanalisation hinab dem Meer zu) wieder wachsen, täglich unerbittlich anwachsen, bis sie die Tage mit der Resignation einer abgehärmten Witwe in Angriff nahm und sich ernstlich tadelte, wenn sie sich dabei ertappte, dass sie sich wieder über die Massen mit Süssigkeiten und netten Worten verwöhnt hatte.

Jeden Tag ging sie unter allen möglichen Vorwänden mehrmals aus dem Haus, zu jeder Herausforderung bereit, doch nicht das Geringste geschah. Das Städtchen war leergefegt, nie begegneten ihr andere als altbekannte Gesichter, altbekannte Floskeln, die Blicke, die sie trafen, waren dieselben wie all die Jahre. Niemand schien auf den Gedanken zu verfallen, sie könnte sich verändert haben (sowieso schien sich in diesem gottverdammten Nest niemand zu verändern), niemand war neugierig, niemand nahm sie wahr.

Irgendwann begann sie sich dafür zu verfluchen, dass sie den Aufenthalt in Paris nicht besser genutzt hatte, denn mit jedem Tag, der verstrich (derweil sie in ihren kniehoch abgeschnittenen Jeans und ihrem ältesten T-Shirt die ausgeschossenen Triebe der Hecken kürzte), verblasste die Erinnerung an ihre traumatische Begegnung mit Jeanne mehr, und sie erinnerte die Stadt aufregender, williger, sinnlicher. Anfangs malte sie sich noch aus, sie habe sich sanft, galant und intelligent verführen lassen. Bald jedoch waren ihre Fantasien nur noch unverblümt sexuell, auf Kinkerlitzchen wie Vorspiele und charmante Zweideutigkeiten verzichtete sie: Sie träumte davon, in einem hellen Sommerkleid an der Glasfassade des Louvre zu lehnen und von einem dunkel gelockten Fremden im Vorübergehen genommen zu werden. Sie sah sich in Shorts, spät nachts über eine Theke gebeugt, die Hand in der Beinöffnung, um ihr Geschlecht zu entblössen, von hinten gefickt von einem französischen Kellner. Ihr liebster Traum aber fand im Bois de Boulogne statt: nackt, gespreizt, ausgestellt lag sie auf dem feuchten, schweren Boden, nicht weit abseits der Wege, über die scheue, tastende, in ihrer Unsicherheit bezaubernde Liebespaare spazierten, und umgeben von drei blutjungen algerischen Matrosen, mit denen sie zuerst der Reihe nach, dann gleichzeitig schlief – währenddessen betrachtete sie die Paare, die gefangen und voller Begehren stehenblieben, Männer mit prall gespannten Hosen, Frauen mit grossen, ausufernden, sehnsüchtigen Augen und schweissfeuchten Schläfen, die ihrem Treiben zusahen und nicht wagten, ihre Erregung zu befriedigen ...

Ewa bog von der Strasse ab, der Pfad zu ihrem Haus war verschlungen und hoch von Brombeeren umwachsen, sie verlor die auf der Veranda wartende Gestalt aus den Augen. Die Vorfreude jagte ihr das Blut in Gesicht und Schoss, und sie hatte die sonderbare Empfindung, ihre Brüste richteten sich auf. Übermütig, amüsiert über ihren sich so aufgeregt gebärdenden Körper, begann sie zu bummeln: Sie wollte ihr Begehren auskosten und zog die Schuhe aus, um die Füsse Schritt um Schritt so aufmerksam und genussvoll zu setzen, als befinde sie sich in einem Vorspiel mit Kieseln und Grasbüscheln. Das Haus betrat sie durch die vordere Tür, ungesehen, leise, als schleiche ein freches Mädchen nach langer Nacht ins Elternhaus zurück. Sie warf die Bücher auf ihr Bett, sauste ins Bad und betrachtete sich im Spiegel. Mit Erschrecken musterte sie ihr rotes, erhitztes Gesicht, die Schweissperlen über den Augenbrauen und an der Oberlippe, fand sich furchtbar ordinär und zog sich eilig und so vergnügt wie verzweifelt aus, um sich für eine Minute unter die kalte Dusche zu stellen. Dann stürzte sie ins Schlafzimmer zurück, warf ein zu grosses Männerhemd, das Erik gehörte und das sie versteckt gehabt hatte, als er auszog, über ihren kühlen, zwischen den Schulterblättern noch nassen Körper, knöpfte es lose zu und schlüpfte in einen Sportslip, der eben undurchlässig genug war, dass sie sich damit zeigen durfte, ohne offen absichtsvoll zu wirken. Danach rannte sie nochmals ins Bad, putzte die Zähne, stellte verärgert fest, dass ihr Hals bereits wieder von Schweiss glänzte, atmete konzentriert durch und ging durch Küche und Wohnzimmer auf die Veranda hinaus.

Iras Anblick liess ihr kaum Zeit zu erschrecken. Gleich blieben ihre Augen an seinem noch immer verantwortungslos jugendlichen, dabei äusserst energischen, von zarten Bartstoppeln überschatteten Kinn hängen; ihr Blick fuhr über die dichten, die Schwingung seines Schlüsselbeins imitierenden Brauen, durch das wirre, schwere, vereinzelt grau durchwachsene Haar, in das er die langen, kräftigen Finger gelegt hatte, während die Handfläche seine gebräunte Stirn stützte – dann hob Ira den Kopf, und eine Sekunde lang, bevor er sie erkannte, trugen seine Augen all die vertraute Verzweiflung, die Unsicherheit, die Kraft und den Trotz, die sie bereits vor sieben Jahren verführt hatten. Sie fühlte, wie ihr vor Rührung die Tränen in die Augen schossen, eine Welle der Zärtlichkeit durchströmte sie und schlug unmittelbar in Erregung um, und als Ira sie mit dem erstaunten Blick eines Unfallopfers zu erkennen versuchte, sich gleich darauf ungelenk wie ein Fohlen erhob und nach Worten suchte, da rannte sie mit nackten Füssen auf ihn zu, umfasste mit aller Kraft seinen Kopf und küsste stürmisch dieses müde, herbe, verletzliche Gesicht. Und immer wieder – als sie ihn küsste, ihn danach auszog und sanft zwang, sich auf den Bretterboden zu legen, als sie die Brustflügel ihres Hemdes zwischen seine zupackenden Finger legte, seine Handgelenke umfasste und sie gewaltsam auseinander riss, um ihre hellen, geäderten Brüste in seine trockenen, heissen Handflächen legen zu können – immer wieder murmelte sie, als wolle sie ihn mit ihrer Stimme zudecken: »Sag nichts, ich bitte dich, sag um Himmels Willen nichts.«

Sie schliefen miteinander, ohne zu sprechen, zuerst auf der Veranda, dann (Ewa hatte sich irgendwann das Hemd übergeworfen und war auf die Toilette gegangen, Ira ging ihr nach, fing sie in der Badezimmertür ab und zog sie wieder aus) im Schlafzimmer, auf dem ungemachten Bett, die Kanten der Bücher im Kreuz. Die ersten Worte fielen, als er die Matratze leerfegte, sie bäuchlings darauf warf und behutsam in ihren Anus eindrang. Ewa lag fröhlich jammernd, die Wange in das kühle Laken gepresst, erstarrte unter jedem seiner Stösse, küsste gedankenlos die eigene Hand und bemerkte irgendwann stöhnend: »Ich war ja so dumm, so dumm!«, bevor er ihren Mund mit gierig saugenden Lippen verschloss.

Die nächsten Worte fielen bei Sonnenuntergang und waren nichts als Geplänkel: Ira dachte darüber nach, unter welchem Filter die Sommersprossen auf Ewas Oberkörper genügend zur Geltung kämen, ohne dass die Zartheit ihrer Haut verloren ginge, Ewa beschrieb ihm, in welchen Posen sie ihn in Boston hatte malen wollen (und löste damit ein Wortgefecht aus: Ira mochte nicht glauben, dass sie mit dreiundzwanzig bereits eine derart obszöne Phantasie gehabt hatte).

Und spät nachts, nachdem sie einige Auberginen und Zucchini geerntet und hungrig und ohne Sorgfalt ein Ratatouille gekocht hatten, fragte Ira nach dem letzten Bissen und kurzem Schweigen, als müsse er noch ein Kapitel abschliessen: »Dunja war also wirklich nicht hier?«

Danach verbrachten sie eine ungezählte Reihe hinreissender, komplizierter Tage und Nächte, in denen sie abwechselnd miteinander schliefen und sich stritten, manchmal neckend, manchmal mit aller Bösartigkeit aus der Wut über die ihnen entgangene Beziehung.

Gelegentlich gelang es ihnen, für einige Stunden einfach nur zu flirten, die Welt bezaubernd zu finden, nicht weiter zu denken als bis zum nächsten Kuss und den Sommer zu geniessen. Dann wieder wurde Ira innerhalb von Sekunden verstockt und in sich gekehrt, bevor er mit schwerer Stimme über Dunja redete. Ewa war eine geduldige, verständnisvolle Zuhörerin. Es schien ihr zwar (gelinde gesagt) unwahrscheinlich, dass Jeanne von solch sensibler Intelligenz, so sanft und friedfertig sei, wie Ira sie darstellte, doch sie unterbrach ihn nicht. Sie war glücklich, für einen Sommer seine Gefühle teilen zu können, mehr erwartete sie nicht – sie war sich nicht einmal sicher, ob sie zu mehr bereit gewesen wäre. Sie wusste, dass Ira zu Jeanne zurückkehren würde, das hinderte sie nicht daran, ohne schlechtes Gewissen mit ihm zu schlafen. Es tat ihm gut, das sah sie, ihr auch, ausserdem war sie sich sicher, ohne darüber nachgedacht zu haben, dass sie nur ein altes Recht geltend machte.

So vergingen die Tage. Ab und zu fuhren sie mit dem Rad zum Schwimmen an einen der Seen, einmal assen sie abends in einem spanischen Restaurant am Stadtrand; die übrige Zeit liessen sie sich treiben, ohne Regeln, ohne Ordnung. Stundenlang lagen sie einander in den Armen, küssten sich, gelegentlich wurde mehr daraus, manchmal plätscherte ihre Lust auch nur so vor sich hin, ganze Tage lang, unterbrochen von Sandwichpausen, ohne Höhepunkt, ohne Absicht.

Einmal kam Eric vorbei. Er hatte zwei Wochen benötigt, um sich aufzuraffen, Ewa die notwendige Szene zu machen, weil sie es gewagt hatte, vor den Augen ihrer Freunde mit Sven allein in ihrem Haus zurück zu bleiben. Er wusste, dass Sven nicht in der Stadt war, nahm daher an, sie seien allein, genoss seine Stärke und überschüttete Ewa mit Vorwürfen. Als Ira in der Unterhose, die Zahnbürste im Mund, in die Küche kam, drehte er durch, zog sich an die Wand zurück und brüllte von dort aus wie am Spiess, bevor er versuchte, Ewa mit sich zu zerren. Ira musste ihn dreimal ohrfeigen, bevor er endlich wortlos aus dem Haus stürmte und nicht vergass, sein Hemd, das im Garten über der Leine hing, mitzunehmen.

Am folgenden Morgen fand Ewa im Faxgerät Svens Nachricht:

»Antrag erhalten, klingst ja spitz wie Nachbars Lumpi! Mir geht es nicht anders, bin jedoch noch gebunden: Aktendurchsicht in Uppsala (bäh!). Melde mich, wenn ich zurück bin. Geniess den Sommer ohne mich, ich küsse dich (überall).

Gez.: ein Freund.

P.S. Wie war Paris?«

Den Nachmittag verbrachten sie am See, Ewa lag im Gras, den Kopf auf Iras Kleiderbündel gelegt, und während sie zusah, wie er versuchte, schwimmend das andere Ufer zu erreichen, dabei an Svens Nachricht dachte, stellte sie einmal mehr fest, dass ihre Mutter sie nicht geboren haben konnte, damit sie in einer festen Beziehung lebte. Ein gelegentlicher Liebhaber, vielleicht zwei, genügend Farbe und Leinwand und eine Wohnung, die niemand betrat, ohne zuvor zu klingeln, waren das, was sie brauchte, um glücklich zu sein. Und glücklich sein, soviel hatte sie sich geschworen (und da konnten Iras ethische Exkurse sie jagen), glücklich sein war ihre einzige Lebensaufgabe.

Ira winkte ihr vom Wasser aus zu, erst erschrak sie etwas und befürchtete, er sei am Ertrinken. Doch Ira hatte nur nachgedacht: Leicht, wie losgelöst, abgelenkt durch den Schmerz seiner angestrengten Schwimmzüge, hatte er erstmals in Ruhe überdacht, was in den letzten Wochen geschehen war. Öfters hatte er sich in den vergangenen Nächten aus dem Schlafzimmer geschlichen gehabt und versucht, Dunja zu erreichen, mehr als einmal war er nahe daran gewesen, zurück zu fliegen, nur die Angst, die Wohnung anzutreffen, wie er sie verlassen hatte, lieblos geordnet, ausserdem die unerträgliche Vorstellung, sein Leben weiterzuführen wie bisher, hatte ihn zurückgehalten. Als er jedoch die Mitte des Sees erreichte, sich auf den Rücken drehte und sich treiben liess, von der Sonne geblendet, die leichten Tapser der Wellen an den Schläfen, da überschwemmte ihn mit einem Mal eine Unbeschwertheit, die alle seine Gefühle verwandelte. Unkompliziert fühlte er das Glück seines Daseins – und ohne den leisesten Zweifel stellte er fest, dass er in diesem blassen schwedischen Sommerlicht nicht anders konnte, als Dunja frei zu geben und Ewa zu lieben.

IRINA J. M. – AUGUST 08 – 16:51
Timka, Frechdachs, danke für die Nachhilfe. Ich hab's kapiert: von Kompliziertheit und Komplexen keine Spur, Ewa war im vorletzten Kapitel wohl nur etwas verschlafen.

Ach, du Knallkopf, habe beim Lesen mit den Ohren geklatscht, war ein vergnügter Nachmittag. Ist ja zu einem regelrechten Buch der Missverständnisse geworden. (Oder wie übersetzt man недоразумение? Mit Irrtum?)

So oder so, ich freue mich schon auf die Zeit nach diesem Spiel – was werden wir einander noch zerfleischen!

Lass Dunja nach Hause kommen.
Ir.

08/08/1999   17:02   ++41-1-272-48-87   S. 01
Irinok, wie ist das Wetter bei euch? Hier giesst es seit zwei Tagen in Strömen, es ist kalt, und die Katze frisst sich ihr Winterfett an (fleissig, als wäre sie ein Ameischen).

IRINA J. M. – AUGUST 08 – 17:20
Hatte es nicht zu erwähnen gewagt, befürchtete, du glaubst, ich hätte bloss die Schnauze voll von unserem Spiel. Ach, Timka, es ist noch so vieles unerzählt: zwischen Dunja und Ira, die Geschichte zwischen Jean-Ives und Raoul (sag mir nicht, da gebe es keine, so harmlos KANN ihre Beziehung nicht sein!) – ja, und dann ist da die Frau im Wäschegeschäft, ach ...!

Doch tatsächlich zieht es hier bitterkalt durch die Ritzen, habe letzte Nacht sogar mit Bettsöckchen geschlafen (!), und heute früh fielen überall gefrorene Spatzen vom Himmel.

Timuschka, ist wirklich schon der Herbst da?

08/08/1999   18:02   ++41-1-272-48-87   S. 01
Deine Entscheidung, Ira.

08/08/1999   18:17   ++41-1-272-48-87   S. 01
Irka?

IRINA J. M. – AUGUST 08 – 18:49
Entschuldige, Timok, war kurz in der Stadt.

Also, schweren Herzens erkläre ich mein Buch für ABGESCHLOSSEN, danke dem Autor und werde sofort damit beginnen, Golubzy vorzubereiten (das ist das Festlichste, was ich armselige Köchin ohne grössere Pannen fertig kriege). Wann kannst du hier sein?

Pack Kleidung für ein paar Tage ein, deine Belohnung wartet (und verschwende keine Mühe darauf, herumzuraten – was immer du dir ausmalst, du liegst kreuzfalsch!). Hole dich am Bahnhof ab.

Oh, falls du vergessen haben solltest, wie ich aussehe: Ich bin die Dame mit den glühenden Bäckchen, die nicht wissen wird, wie sie dir gegenübertreten ...

Я ожидаю с нетерпением твоего приезда.
Irka.

08/08/1999   18:17   ++41-1-272-48-87   S. 01
Anweisungen erhalten, Irinok, komme jedoch erst morgen. Habe noch etwas zu erledigen.

Neunzehnte Nacht

Kaum hatten sie die Küste aus den Augen verloren, als Jean-Ives den Wagen wieder wendete. Unvermittelt hatte Aimée ein Riesengeschrei erhoben, dekoriert mit furchtbar vielen Tränen, und aus dem Wenigen, das sie verstanden, schlossen sie, sie habe ihre Puppe vergessen. Erst als sie wieder vor dem Haus standen, stellte sich heraus, dass ihr Schmerz dem luxuriösen, architektonisch extravaganten Puppenhaus galt, das Raoul ihr an einem der letzten Tage aus Sand und Muscheln gebaut hatte und das sie unbedingt mit nach Paris nehmen wollte.

Es gelang ihnen erst, sie ins Auto zurück zu locken, nachdem Raoul ihr in einem heiligen Ritual (auf einem Bein stehend, die Finger doppelt gekreuzt, ein Auge geschlossen, eine Wäscheklammer ans linke Ohr geheftet) geschworen hatte, ein neues, aus richtigem Holz, zu bauen, sobald er wieder in Marseille sei, und es ihr zu schicken. Als sie daher endlich glücklich auf die Schnellstrasse einbogen, waren alle bereits etwas erschöpft, und nachdem aus einer zufälligen Gesprächspause unversehens ein schwer lastendes Schweigen entstanden war, gelang es ihnen nicht mehr, die nachlässige Fröhlichkeit der vergangenen Tage herzustellen.

Dunja fiel, während sie Jean-Ives' leicht schütteren Hinterkopf betrachtete, schmerzlich auf, wie unerreichbar weit entfernt er doch auf seinem Fahrersitz sass und dass sie im Grunde die ganze Zeit über kaum etwas von ihm gehabt hatte. Stattdessen teilte sie die Rückbank mit Raoul, wie ein Elternpaar sassen sie da, das aufrecht sitzende, vor sich hin summende Kind zwischen sich – ihr Schweigen, das sie so geliebt hatte, begann sie quälend an das Schweigen in ihrer Familie zu erinnern: So wie Aimée hatte auch sie gesessen, die Wortlosigkeit zwischen einander fremd gewordenen Menschen wegsummend, steif, um sich gegen die weiche, alles umarmende Resignation der Erwachsenen zu schützen.

Sie sah aus dem Fenster und versuchte, sich aus dem Auto wegzudenken, nach Paris, doch ihr fiel nichts anderes ein, als dass sie zu Hause dasselbe Schweigen erwartete, dieselbe verzweifelte Verständnislosigkeit. Sie hatte das Gefühl, ins Leere zu fahren. Dann wandte Alexandra den Kopf zurück, auch sie war in Gedanken bereits in Paris, und fragte: »Denkst du, ich muss ihn anrufen?«, bevor sie genüsslich das Fenster herunterkurbelte und eine Zigarette rauchte.

Dunja überlegte noch, was sie René gönnen mochte, da hatte Alexandra sich bereits entschieden und sagte mit müdem Leichtsinn: »Ach was, wir hangeln uns sowieso nur von einem Missverständnis zum anderen.«

Jean-Ives lieh sich Alexandras Zigarette und nahm zwei Züge. Danach behielt er sie in der Hand und erklärte gut gelaunt: »Himmelherrgott, ich werde nie verstehen, warum alle Leute so versessen auf Verständnis sind. Was bitte gibt es Langweiligeres als eine Beziehung ohne Missverständnisse? Was tut man den lieben langen Tag, wenn man andauernd im Einverständnis lebt? Jetzt sag bloss nicht, die Harmonie geniessen –!« Er schüttelte sich. »Da lebe ich lieber allein.«

Jeanne, die jedes seiner Worte kannte, erwartete lächelnd die Fortsetzung, gleich darauf stellte Alexandra die Frage, die noch immer jemand an dieser Stelle gestellt hatte: »Und was bitte ist so grossartig an Missverständnissen?« Jeanne hätte gern einmal erlebt, wie Jean-Ives reagierte, wenn diese Frage ausblieb, doch zweifellos fände er einen ungezwungenen und charmanten Weg, seinen Vortrag trotzdem zu halten.

»Das Gute an Missverständnissen«, antwortete er Alexandra, »ist das Geheimnis, das sie bergen – nein, eher *schaffen.* Wir Menschen sind in der Regel nicht so komplex, wie wir das gern hätten, Missverständnisse sind oft das Einzige, das einem Menschen noch einen gewissen Zauber des Unverständlichen verleiht – immerhin lassen wir uns die verrücktesten Gedankengänge einfallen, um uns die unerklärliche Handlung eines Menschen zu erklären, den wir schlicht missverstanden haben. Wie wunderbar kompliziert und fremdartig er uns plötzlich erscheint –« Er zog an der Zigarette, die mittlerweile ausgegangen war, und behielt sie, auf seine Rede konzentriert, gedankenlos weiter in der Hand. »Wahrscheinlich entstehen Missverständnisse überhaupt nur deshalb, weil man einen Menschen schöner sehen will, als er ist – ja, vielleicht ist das Missverstehen überhaupt *das Zeichen* leidenschaftlicher Liebe! Zumindest lässt sich das Umgekehrte leicht beobachten: Ist ein Missverständnis einmal aus der Welt geschafft (und meist ist die Erklärung geradezu beschämend banal), sehen wir in seltener Klarheit, wie simpel, wie durchschaubar, wie ›menschlich‹ meinetwegen unser geliebter Mensch im Grunde ist. So!«, beendete er den theoretischen Teil und gab Alexandra den Zigarettenstummel, damit sie ihn aus dem Fenster warf – »und deshalb bin ich der Ansicht, dass Missverständnisse auf die Dauer das Einzige sind, was eine Beziehung lebendig, aufregend, prickelnd erhält.« Er begegnete Alexandras halb spöttisch-erbarmungsvollem, halb trotzigem Blick mit einem herzlichen, völlig deplatzierten Lächeln und sagte zärtlich: »Wenn René dir tatsächlich Missverständnisse beschert, liebe ihn dafür, liebe seine Missverständnisse, pflege sie!«, um nach einer Pause beiläufig, fast mürrisch, den Blick auf die Fahrbahn geheftet, hinzuzufügen: »Wahrscheinlich basiert sowieso das ganze Gerede von der perfekten Beziehung auf einem gigantischen Missverständnis.«

»Ich ertrage schon das blosse Wort nicht«, sagte Alexandra.

»Dann nenn es Irrtum«, schlug Jean-Ives gleichgültig vor. »Missverständnis, Irrtum, недоразумение, wie Jeanne es nennen würde – am Wort soll es nicht liegen.«

»Schön, aber was ist, wenn die Irrtümer dazu führen, dass man sich trennt?«

Jean-Ives beschloss, Alexandra zu überhören. »Einen Ort allerdings gibt es«, beendete er seinen Vortrag mit der üblichen Pointe, »an dem haben Missverständnisse überhaupt nichts zu suchen: im Bett. Missverständnisse beim Sex können einem den ganzen Tag verderben.«

Alexandra lachte. »Die glückliche Partnerschaft ist also eine, in der beiden jedes Wort in den falschen Hals gerät, doch im Bett läuft alles bestens.«

Jean-Ives dachte nach. »Ja«, sagte er schliesslich, selbst nicht sonderlich überzeugt, »so muss es wohl sein, so habe ich es behauptet.«

»Und hattest du eine solche Partnerschaft schon mal?«

»Frag Jeanne«, sagte Jean-Ives ironisch, schaltete einen Gang höher und begann, die anderen Wagen zu überholen.

Jeanne lachte auf, sie bat Alexandra um eine Zigarette und sah weiter zum Fenster hinaus. Jean-Ives hatte diese Theorie acht Jahre zuvor für sie erfunden, seither gehörte sie zu seinem Repertoire. Ihre Beziehung war das exakte Gegenteil gewesen: sie waren jederzeit ohne weiteres in der Lage, des anderen Gedanken zu lesen, in der Sexualität allerdings fanden sie nie recht zueinander (das begriff Jeanne jedoch erst einige Liebhaber später). Mit seinem Loblied auf die Missverständnisse hatte Jean-Ives sie, nachdem sie sich von ihm getrennt hatte, um nach Moskau zu ziehen, getröstet, wenn sie in den letzten gemeinsamen Nächten weinend neben ihm im Bett lag und daran verzweifelte, dass sie im Begriff war, den einzigen Menschen zu verlassen, von dem sie sich verstanden fühlte. (Und als wolle er ihr beweisen, dass seine Theorie mehr als nur ein Scherz gewesen sei, hatte er nach ihrer Trennung tatsächlich nur noch Beziehungen gehabt, die in sexuellen Höhenflügen begannen, um – meist sehr bald – in einer zwischenmenschlichen Katastrofe zu enden.)

Nachdem sie eine Weile geschwiegen hatten, sagte Jean-Ives (ohne gefragt worden zu sein): »Ich glaube übrigens nicht, dass René auf deinen Anruf wartet.« Alexandra wollte leicht gekränkt wissen, wie er zu diesem Urteil kam, und obwohl Jean-Ives nur die Schultern hob und nachlässig antwortete: »Gefühlssache«, ahnte Jeanne, dass Alexandra nun nicht mehr zögern würde, ihn in ein ausgedehntes Gespräch über Renés Schwächen zu verwickeln, um ihm ein abschliessendes Urteil über ihre Beziehung abzuringen (ein Gefallen, den Jean-Ives ihr niemals tun würde). Mit einem Seitenblick vergewisserte sie sich, dass Aimée und Raoul in einträchtigem Schweigen Bilderbücher durchblätterten, dann kurbelte sie das Fenster hinunter, stemmte den Kopf gegen den Fahrtwind und stellte zufrieden fest, dass Jean-Ives' Beziehungstheorie ihr wieder einmal über eine Krise hinweg geholfen hatte. Ganz allmählich spürte sie, wie sich Wärme in ihr ausbreitete. Sie begann, sich auf zuhause zu freuen, auf Ira insbesondere, und dann, mit einem Mal, war die Zuversicht wieder da, alles ändern zu können: sie würde Ira neu begegnen, streitlustiger, fordernder, und sie war sich sicher, es würde ihnen gelingen, gemeinsam glücklich zu werden.

Die weitere Fahrt verbrachte sie entspannt in die Polster gelehnt, ein leichtes, fast stoisches Lächeln auf den Lippen, sie fühlte ein unverhofftes, nie gekanntes Vertrauen in das Leben in sich wachsen. Als sie Paris erreichten und sie sich verabschiedeten, küsste sie Raoul auf die Lippen und freute sich, dass er noch nach dem Meer der Iroise schmeckte – dennoch hatte sie sein Gesicht berührt wie etwas Gleichgültiges, eine warme Masse, die sie mit nichts in Verbindung brachte. Sie spürte, dass sie bereits weit von allem war, sie wusste nicht wo, doch sie fühlte sich aufgehoben und gelassen. Dann ging sie über die Place de l'Estrapade auf ihr Haus zu, und ohne überrascht zu sein, erkannte sie endlich, dass sie sich entschieden hatte, mit Ira ein Kind zu haben.

Als sie, aufgehoben in ihrer Beseeltheit, die Wohnung betrat, sah sie mit flüchtigem Stirnrunzeln, dass Ira den Gegenständen in der Wohnung eine etwas seltsam anmutende Ordnung gegeben hatte. Sie stellte ihr Gepäck ab, ging auf die Toilette und bürstete ihre Haare, dabei bemerkte sie (ohne dass es sie beunruhigt hätte), dass sein Necessaire nicht an seinem Platz stand. Etwas später sah sie, erstmals leicht irritiert, dass er begonnen hatte, ihre Kleider einzupacken – doch alles, was sie dachte, war: »Das wird schwieriger, als ich es mir vorgestellt hatte.«

Die nächsten Tage verbrachte sie gedankenlos und geschäftig. Sie putzte, was sich nur irgendwie putzen liess, wusch alle auffindbare Wäsche (und sortierte unendlich vieles aus, das sie plötzlich unmöglich fand). Dann fiel ihr das Korsett in die Hände, sie betrachtete es vergnügt und leicht gerührt, freute sich darauf, es wieder zu tragen, konnte aber beim besten Willen nicht begreifen, wie sie seinetwegen hätte vor Herzklopfen sterben können.

Dann beschloss sie, die Bunin-Übersetzung zu beenden. Innerhalb eines kurzen Nachmittags fand sie für all die Passagen, die sie über Monate, erst nur ratlos, später unter Panikschüben, als unübersetzbar vor sich her geschoben hatte, nicht geniale, doch durchaus praktikable Lösungen. Noch am selben Abend schob sie ihrer Verlegerin das fertige Manuskript unter der Tür durch, zwei Tage später übergab sie das Nachwort der Post; danach feierte sie sich stillvergnügt einen verregneten Nachmittag lang im Muscade, mit Schokoladentorte und einer kleinen Flasche Champagner, hofiert von den Kellnern, erbrach die ganze Nacht hindurch und erwachte dennoch am anderen Morgen vergnügt und ausgeschlafen.

Nach einer Woche stellte sie fest, dass Ira sich noch immer nicht gemeldet hatte, und begann sich zu wundern, weiter aber dachte sie nicht. Sie rechnete unbeirrt jederzeit damit, ihn ins Zimmer treten zu sehen, sie freute sich darauf, ihm um den Hals zu fallen, doch sie hatte damit keine Eile. Sie genoss jede Stunde, wie sie kam, und lebte in der natürlichen Gewissheit, das alles, wie es war, in bester Ordnung sei und sich ihr Leben blendend entwickle.

Dann häuften sich die Brechanfälle, dazu kam, dass sie jeden Tag mehrere Stunden in den Delikatessgeschäften der Rue Montorgueil verbrachte, und sie beschloss, zur Ärztin zu gehen. Drei Stunden später wusste sie, dass sie schwanger war.

Sie fuhr nach Hause, packte nachdenklich, mit leicht geröteten Wangen und ungetrübtem Sinn fürs Praktische, ihre Sachen, brachte dem Hauswart den Wohnungsschlüssel und verweigerte mit glühenden Ohren jede Auskunft. Während der Hauswart sich noch besorgt und missbilligend zu den zarten, frisch gepflanzten Buchen der Place de l'Estrapade und der Pariser Luftverschmutzung äusserte, stemmte sie ein letztes Mal die Haustür auf, sah glücklich, leicht fröstelnd, auf das noch regenfeuchte, doch bereits wieder sonnengefleckte Pflaster und ging zielstrebig die Strasse hinab.

09/08/1999   12:13   ++41-1-272-48-87   S. 01
So – konnte es davor nicht weg legen. Попался! Bin um 18 Uhr bei den zankenden Nachbarinnen (der Zug fährt 17 Uhr 53 ein), freue mich auf die Golubzy.

Die russischen Passagen

16	Будь оно проклято!	*Verdammt nochmal!*
46	горько	*bitter*
58	Что я тебе сделала?	*Was habe ich dir getan?*
58	У меня пропала охота заниматься этим.	*Mir ist die Lust vergangen, mich damit zu beschäftigen.*
88	Я нуждаюсь в твоей помощи.	*Ich brauche deine Hilfe.*
88	Ты всё равно сделаешь по-своему.	*Du machst es sowieso, wie du willst.*
89	Пошёл ты к чёрту!	*Scher dich zum Teufel!*
102	хлеб	*Brot*
114	Моя дорогая, моя хорошая, не волнуйтесь так! ... Верте мне, верте ... Мне так хорошо, душа полна любви, восторга ...	*»Meine Teure, meine Liebe, regen Sie sich nicht auf! ... Glauben Sie mir, glauben Sie ... Mir ist so wohl zumute, die Seele ist voller Liebe und Entzücken ...« (Tschechow, »Drei Schwestern«)*
130	я хочу извиниться за вчерашний вечер.	*Ich möchte mich für gestern Abend entschuldigen.*
158/164	недоразумение	*Missverständnis*
159	Я ожидаю с нетерпением твоего приезда.	*Ich erwarte sehnsüchtig deine Ankunft.*
170	Попался!	*Jetzt bist du dran!*